中华

ZHONGHUA HUN

魂

百部爱国故事丛书

革命老人

——无产阶级教育家徐特立

孙成军 编著

吉林人民出版社

图书在版编目（CIP）数据

革命老人：无产阶级教育家徐特立 / 孙成军编著
.-- 长春：吉林人民出版社，2011.3（2021.8 重印）
（中华魂·百部爱国故事丛书）
ISBN 978-7-206-07550-6

Ⅰ.①革… Ⅱ.①孙… Ⅲ.①故事—中国—当代
Ⅳ.①I247.8

中国版本图书馆 CIP 数据核字 (2011) 第 032617 号

革命老人
——无产阶级教育家徐特立
GEMING LAOREN
——WUCHAN JIEJI JIAOYUJIA XU TELI

编　著：孙成军
责任编辑：张文君　　　　封面设计：孙浩瀚
制　作：吉林人民出版社图文设计印务中心
吉林人民出版社出版 发行（长春市人民大街7548号　邮政编码：130022）
印　刷：北京一鑫印务有限责任公司
开　本：787mm×1092mm　　1/16
印　张：8　　　　字　数：64千字
标准书号：ISBN 978-7-206-07550-6
版　次：2011年3月第1版　　印　次：2021年8月第2次印刷
定　价：35.00 元

如发现印装质量问题，影响阅读，请与出版社联系调换。

总　序

　　《中华魂》是一套故事丛书。它汇集了我国自鸦片战争以来一百八十余年间的近百位民族英雄、仁人志士、革命领袖、先进模范人物的生动感人事迹，表现了他们作为中华儿女的伟大的爱国主义精神。

　　爱国主义是人们对于"生于斯、长于斯、衣食于斯"的祖国的一种神圣感情，是人们对于自己民族的一种强烈的责任感和使命感，是感召和激励整个中华民族的一面永不褪色的旗帜。在一百多年的中国近现代史上，爱国主义一直激励着中华儿女为祖国的独立、统一、进步和繁荣而英勇奋斗。从"苟利国家生死以，岂因祸福避趋之"的林则徐，到"我自横刀向天笑，去留肝胆两昆仑"的谭嗣同；从"铁肩担道义，妙手著文章"的李大钊，到"青春换得江山壮，碧血染将天地红"的赵一曼；从"县委书记的好榜样"的焦裕禄，到"问鼎长天，扬我国威"的邓稼先……都表现出了强烈的爱国主义精神。正是由于热爱祖国的人们前仆后继地奋斗，国家和民族才得以生存，才能够在一次次历史危急关头转危为安，走向兴盛和富强，从而屹立于世界民族之林。爱国主义是鼓舞中华儿女历经忧患、跨越沧桑、百折不挠、自强不息的伟大力量，它贯穿于中华民族的整个历史，并有力地凝聚着五洲四海的中国人。

爱国主义是一个历史的范畴，在社会发展的不同阶段、不同时期有不同的具体内容。革命时期，需要我们为祖国的独立自主出生入死；建设时期，需要我们为祖国的繁荣富强增砖添瓦。在全国各族人民团结一心，开启全面建设社会主义现代化国家新征程的今天，我们要争做一名新时期的爱国者。新时期的爱国者要有强烈的民族自尊心、自豪感。民族自尊心、自豪感是任何时期、任何爱国者都必须具备的情感。民族自尊心能增强我们自立向上的恒心，民族自豪感能树立我们建设祖国的信心。要树立"祖国高于一切"的崇高信念，为了祖国和人民的利益不惜抛却个人的利益，甚至不惜牺牲个人的生命。我们要树立终身学习的理念，拓宽自己的知识面，广泛吸收新知识、新技术，完善自身的知识结构，更新学习知识的方法与理念，从思想上、知识上充分武装自己，为祖国的繁荣昌盛贡献力量。

爱国主义思想的继承和发扬，是关系到民族盛衰、国家兴亡的根本问题。爱国主义思想情操的形成，需要不断地培养。培养爱国主义精神的一个重要途径是向英雄人物和典范事迹学习和致敬。这套丛书的出版,对于青少年向英雄和先进人物学习,特别是对于在中小学生中进行爱国主义教育是不可多得的生动的教材。祝愿此书出版发行成功,为培养时代新人做出贡献。

胡维革

中华魂

百部爱国故事丛书

编 委 会

创业难，守业亦难，须知物力维艰，事事莫争虚体面，老老实实，勤俭建国，奋发图强。

——徐特立

目　录

中华魂 百部爱国故事丛书
ZHONGHUA HUN

徐特立像

自 1840 年鸦片战争以后，中国人民饱受帝国主义列强的侵略和凌辱，又深受本国买办资本主义和封建主义的压迫，国弱民穷，生活困苦。许多仁人志士，揭竿而起，领导人民掀起轰轰烈烈的反帝反军阀，争求民主和光明的斗争。在那饱经忧患的年代里，徐特立奋发读书，努力兴办教育，为革命培养了大量人才，他艰苦朴素，刻苦耐劳，知识渊博，公而忘私，他是一代伟人毛泽东的老师，又是益友，他们之间建立了十分深厚的友谊。徐特立的高贵品质和艰苦奋斗精神，为世人所赞扬和传颂，他坎坷奋斗的一生写下了许多可歌可泣的故事。

十年破产读书计划

大年三十夜晚，天黑漆漆的，风卷着雪花，满天飞舞，寒气逼人。

湖南省长沙县郊区，三间低矮破旧的茅草房，在寒夜中像个多病的老人，瑟瑟抖动着。年仅8岁的徐特立，披着一件破棉衣，牵着妹妹的小手，两人坐在凉凳上，眼巴巴地望着窗外。

雪越下越大，夜色越来越浓，风越刮越紧。已经三更天了，爸爸还没有回来，徐特立和妹妹紧紧偎在一起，他们又冷又饿，渐渐睡着了。

"啪"的一声门响，徐特立惊醒了，爸爸走进屋来，身上沾满厚厚的雪花，胡子染成了白色，脸上布满倦意。

爸爸一声不响地脱着外衣，静静地躺在木板床上，两眼望着天花板，一动不动。

徐特立默默地拍打着爸爸刚刚脱下的棉衣上的雪花，他明白，爸爸这次又白跑了。徐特立的父亲徐树兆，是个老实巴交的农民，他给一个姓颜的地主扛活，自己种点薄田，借此谋生，过着穷困的生活。

现在，已经过年了，姓颜的地主却不肯给徐树兆工钱，米早就吃完了，徐树兆去姓颜的地主家讨取工钱，整整等了一天，姓颜的地主才允许徐树兆进到里屋，他拿出一张纸，皮笑肉不笑地对徐树兆说：

"我知道你现在生活困难，可是，根据咱们签的字据，你给我干活，我给你工钱，但每天你在这吃的粮食，是要在工钱里扣除的。你在这里住宿的钱不算，

你还欠我两升米呢。我不问你要，就是看在老邻居的分上，你怎么反过来又跟我要工钱呢？"

徐树兆听了，顿时气炸了肺，他刚要辩驳，姓颜的地主已经把脸一沉，说："我们签的字据在这里，当时你是签了字的，现在能反悔吗？"

徐树兆知道自己上当了，只好自认倒霉。为了能让孩子们吃上一顿饱饭，他苦苦哀求姓颜的地主，借贷些粮食过年糊口，姓颜的地主毫不理睬。

徐树兆回到家里，心中非常难过，一家人只好在饥饿中度过新年了。徐树兆认为自己这次上当，就是因为自己不识字。他决定无论如何，也要让徐特立上学去，争回这口气。

新年过后，徐树兆东拼西凑地借了点钱，送徐特立去村外私塾里读书。

徐特立知道自己上学的钱来之不易，他非常节俭，经常利用空闲时间，打柴放牛，帮助父亲干些农活。

学习也很刻苦，在塾师指导下，徐特立读了大量的古代经典文章，从中学会了许多做人的道理。

忽然有一天，村里来了个姓张的和尚，他很有学问，见徐特立聪明伶俐，就高兴地和他谈论起古代诗书文章来。徐特立记忆力极强，和尚提到的诗词文章，凡是他读过的，都能背诵如流。但张和尚看出，徐特立学习是靠死记硬背的，很少能够灵活运用。于是，这个和尚就开导徐特立，读书应该会运用，仔细思考，才能有收获、成大器。他教给徐特立一首诗：

十八木珠一串穿，终朝念佛涤心慊。

可怜不识弥陀旨，数尽恒沙也罔然。

徐特立不明白这首诗的意思，张和尚就给他讲解说：从前有一个和尚，一心向佛，他就每天念经，数脖子上挂的念珠。过了很长时间，他读的佛经放满了一间屋子，可当别人向他询问佛教知识时，他还是什么也不知道。这是为什么呢？就是因为他只读不思考，因而读过的东西很快就忘记了，结果一无所成。徐特立听后，立即受到启发。从此他学习时认真思考，读书一定要有收获，深入扎实。徐特立在书中看到这样一则故事：一个人问道："当王爷的人是吃肉好呢，还是不吃肉好？"另一个人回答说："吃肉是王爷应该得到的好处，不吃肉也是王爷的福分，这就要看王爷的爱好和实际情况了。"徐特立通过这则故事，认识到看问题必须掌握灵活性，不能僵化教条。

这时徐特立已经是一个英俊少年了，他父亲为照顾徐特立的伯祖母，便把他过继到五美乡观音塘给他伯祖母做孙子。徐特立的伯祖母勤劳节俭，善于治家，每日早晨督促徐特立早起朗读诗文，晚间便把徐特立拉在身边，讲述祖上的兴衰荣辱，给徐特立分析原因和教训，在这里徐特立受到了良好的熏陶和教育。不久，伯祖母病逝，徐特立十分悲伤，便不再上学，单独从事田间劳动，维持一家人的生计。

徐特立故居

一天傍晚，徐特立从田里回来，望见这如诗如画的秋景，不由感慨万分，想起伯祖母含辛茹苦，便泪洒江岸，决定去衡山朝拜南岳，祭奠伯祖母亡灵。徐特立的想法得到了家里人的赞同和支持。

1912年田汉就读于徐特立创办的长沙师范学校。

几天之后，徐特立约齐同乡的十几名香客，乘坐一只小木船，顺着蜿蜒曲折的浏阳河，驶入湘江，又逆流而上。船夫奋力摇桨，汗流浃背，但逆水行舟，船行进得依然十分缓慢。船舱里坐着几个富家少爷，见此情景，不断辱骂船夫不快些开船，恶言恶语，令人十分气恼，船中人都感怒而不敢言。徐特立非常愤慨，他一面站起身帮船夫摇橹，一面拿眼斜着那几个阔少，一副毫不在意的样子。阔少见了，便要过来寻衅打架，但看到和徐特立同行的香客都怒目而视，就只好又龟缩回舱里，继续饮酒作乐。徐特立心中厌恶，不由暗暗发誓："将来我如果是一个船户，我只运猪，决不运人；我读书如果考中了科甲，也只做教官，教别人本领和做人的道理。"

这次南岳进香，对徐特立刺激很大，回来以后，他开始认真思索。起初他想做医生，就把祖父收藏的医书全部翻出来细细研读，学了许多医学知识，但缺少名师指点，他又弄不懂医学的精奥所在，无法深入，又不想当一名庸医误人，便放弃了这一主张。他又试着学卜卦看风水，但判断总是失灵，再深入研究，终于发现卜卦原是一种江湖骗术，决意不再从事它了。徐特立目睹了人生的艰难困苦，很想效仿他的和尚老师那样遁入空门，修身养性，脱离凡尘俗事，寻一清幽所在，但仔细察访，又发现佛门内部也等级森严，明争暗斗，并不是真正的与世无争，自然打消了这一念头。最后，徐特立决定继续读书深造，于是，他到塾馆当塾师，一面教书，一面学习。徐特立尊重师长，虚心求教，不惜步行80里到长沙城，向当时十分有名的举人陈云峰先生请教，得到了陈云峰的悉心指点，使他在茫然无绪中看到了一点新曙光。于是，徐特立开始制定"十年破产读书计划"，有计划有目的地读书。他把每年教书得到的20串钱（可买25石谷），作为家里的生活开支费用；把伯祖母给他留下的几亩薄田，逐年

变卖，专门用来买书。他读书非常刻苦，白天替学生做事，晚间八九点钟以后才能自己读书，平日走路，甚至上厕所也要带着书读。他把书中的定义、公式、表格、概念和术语都抄在一个小本子上，揣在衣兜里，随时拿出来读。有一次他读书入了迷，一头撞在门框上，还直说："对不起。"然后又撞到门框的另一边上，惹得学生哈哈大笑。

徐特立苦读8年，家里已经濒于破产，"十年破产读书计划"无法继续执行下去了，他便借钱到岳州参加新式考试，一试而中，但却没钱交复试费，正在他忧愁之际，一位富家公子表示愿意资助，替徐特立交复试费。徐特立并没有因此而感激涕零，反倒深加思索，认为自己考前借贷无门，现在才取初榜，就有人主动资助，这正是人生世态炎凉。不由十分感叹，拒绝了那个富家子弟的资助，决定不再参加复试，并将自己的名字由"懋恂"改为"特立"，取"特立独行，高洁自守，不随流俗，不入污泥"的意思。写下七绝一首，表达自己的志向：

毛泽东上海故居

革命老人
——无产阶级教育家徐特立

丈夫落魄纵无聊，壮志依然抑九霄；

非同泽柳新梯弱，偶受春风即折腰。

徐特立初考即中的消息不胫而走，在家乡很快流传开来，虽然他没有参加复试，但也名声大噪。这一日，徐特立一路饱览沿途山光水色，心旷神怡，悠然自得，忘掉了世间的一切烦恼和忧愁，把自己完全融入了美妙多奇的大自然之中，他一路吟诗，不知不觉已回到家乡。邻居们见了，纷纷出来迎接，问寒问暖，人们都为本村出了个才子而兴奋不已，相信徐特立将来必定能高榜题名。几个富绅出高薪聘请徐特立当家庭塾师，但被徐特立婉言拒绝了，他对富人们的唯利是图、狡诈虚伪深恶痛绝，决心要把自己的知识传授给贫苦学生，于是他接受了学堂的聘请，一面到各学堂任教讲课，一面继续读书，努力丰富自己的知识，这时他已经是一个知识非常渊博的人了。

徐特立的薪水不断增加，一年能挣60串钱，除维持一家人的温饱生活外，还有了余钱，并建立了一个温暖幸福的家庭。但徐特立并不只是为个人的职业、家庭和前途着想，他开始考虑国家的前途和命运，要为整个中华民族的兴旺发达而奋斗。这时清朝政府的统治已处于风雨飘摇之中，孙中山先生领导的中国同盟会在日本东京宣告成立，同盟会员纷纷返回中国，领导反对清朝政府的武装起义，革命思想开始得到更加广泛的传播。徐特立在学习过程中接触了新思想，他耳目一新，认为中国有了腾飞的希望，便决定把自己的命运同整个国家的命运、民族的命运连在一起，他把自己的希望寄托在中国教育事业的兴旺上，认为只有培育出众多既有文化知识，又有革命胆识和魄力的人才，中国的革命事业才能成功，科学事业才能发展，才能国富民强。

毛泽东为红军长征赋诗

徐特立简介

徐特立（1877年2月1日—1968年11月28日），原名懋恂，字师陶，中国革命家和教育家，湖南善化（今长沙县江背镇）人。毛泽东和田汉等著名人士的老师。

1877年2月1日出生于湖南省长沙府善化县四都观音塘（今长沙县江背镇观音塘）。

1905年入长沙城宁乡速成中学，毕业后在长沙周南女校任教。后兴办私学（如梨江学校、长沙平民夜校等）。

1910年前往日本考察教育。支持武昌起义，被选为湖南临时议会副议长。1913年任长沙师范学校校长。

1919年—1924年6月，42岁时远赴法国勤工俭学，并考察了比利时和德国的教育。

1924年回国后创办长沙女子师范学校和湖南孤儿院。

1927年5月，在大革命遭受严重失败的白色恐怖中，徐特立毅然加入中国共产党。同年参加南昌起义，任革命委员会委员、第二十军第三师党代表兼政治部主任。

1928年到苏联莫斯科中山大学学习。

1930年回国后进入中央革命根据地。任中华苏维埃共和国临时中央政府教育部部长，创办了列宁小学、列宁师范等。参加了长征。在延安曾任边区政府教育厅厅长。抗日战争爆发后，以八路军高级参谋长的名义任八路军驻湘办事处主任，后任中共中央宣传部副部长。

1931年11月，当选为中华苏维埃共和国中央执行委员会委员，任中华苏维埃共和国临时中央政府教育部代部长，兼任苏维埃大学副校长。

1934年他以57岁的高龄参加了中国工农红军二万五千里长征，表现了老英雄的大无畏的革命气魄。

1940年创办延安自然科学研究院并任院长。

1949年中华人民共和国成立后，历任中央人民政府委员，全国人大常委会委员，中共第七、八届中央委员等职，后因身体原因请辞。

1968年11月28日在北京逝世，享年91岁。

革命老人

——无产阶级教育家徐特立

徐特立生平事迹

徐特立，1877年生于湖南长沙县一个贫苦农民家庭，从小体味到农民所受的残酷剥削。

徐特立9岁时，父兄因愤于不识字受欺压，凑钱让他读私塾。他读了8年书，又因无钱辍学在家，曾跟随一个和尚学习禅宗。后来他在家劳动，又教私塾。1905年因清政府废科考办新学，长沙办起师范学校，他考入该校读速成班，毕业后当高小教员，又应聘长沙周南女校。

1907年发生清政府向外国屈辱妥协的教案时，徐特立在学校作时事报告，讲到激愤之处，热泪如倾，竟拿菜刀把自己的左手小指砍掉，蘸着血写了抗议书，写完当场晕倒。这一"抽刀断指"的举动，顿时蜚声全省，徐特立也被当时有进步思想者誉为最有血性的激进人物。

1911年辛亥革命爆发，徐特立积极参加湖南起义，被推为长沙副议长，翌年又任省教育司的科长。他一身清正进入官场后，顿觉黑暗无比，不久返回教育界，任长沙师范学校校长。1919年，国内兴起赴法国勤工俭学热潮，年已42岁的徐特立也报名前往，成为年纪最大的留学生。在法国4年间，他边做工边学法语，后入巴黎大学学习自然科学。回国后，他任长沙第一女师校长，被公认为湖南的教育界名流。1927年初大革命高潮时，徐特立参加了湖南农民协会并任教育科长，又在左派掌权的国民党长沙市党部任农工部长。同年夏天，大革命失败，在不少共产党员叛变脱党时，徐特立却以50岁年龄入党。随后，他参加了南昌起义，任师党代表。部队失败后，他决定同贺龙一起上山打游击，只是因病未能跟去，被派赴莫斯科入中山大学。他学通俄语后，系统研究了马列主义，并同吴玉章、瞿秋白共同研究了汉语拉丁化拼音。

　　1930年末，徐特立回到国内，赴江西根据地，后在中华苏维埃政府任教育部副部长（部长为瞿秋白）。1934年，他随军长征。一路上，他拄着一根竹杖，扛着防身用的红缨枪，和大

015

革命老人
——无产阶级教育家徐特立

家一同行军。瞿秋白在告别时换给他一匹好马，他却总是让给伤病员骑。据统计，长征20 000里，徐老骑马不过2 000里，人称"徐老徐老真是好，不骑马儿跟马跑"。

到达陕北后，中共中央为他庆祝60岁寿辰。毛泽东写信致贺，称徐老"今后还将是我的先生"。抗战爆发后，徐特立先到国民党统治区做中共代表，1940年回延安任自然科学院院长，在党的七大上当选中央委员。此时，他老当益壮，年近70还参加了延安青年体育运动会的游泳比赛。1947年，中央为他庆贺70岁诞辰，毛主席的题词是"坚强的老战士"，朱总司令的题词则是"当今一圣人"。

中华人民共和国成立后，徐特立任中央宣传部副部长。因年老记忆力减退，他自动申请免职。1966年国庆节上天安门时，他守在电梯旁等毛泽东，想倾诉心中想法。毛主席远远看见他后，马上打招呼并想走过来，可惜被突然出现的一群人隔开了。徐老此后身体日衰，难以外出，于1968年去世。

创办学堂　公而忘家

这一年的中秋夜，月儿特别圆，像是一只闪光的银盘，把清冷的光辉倾泻在广袤的大地上。四周寂静无声。

徐特立拖着疲惫的身躯，迎着皎洁的月光，一步步向家中走去。

忽然，他家的小屋里，传来了一阵婴儿啼哭声，那声音又尖又脆，划破宁静的夜空，直向远方传去。

徐特立心中一愣，不由加快了脚步。他推门进来，见妻子倚在床上，婴儿啼哭声就从她身边传来。

妻子听见门响，抬起头，见是徐特立回来了，说："你回来了？孩子已经出生3天了，二丫还在屙痢疾，你回来正好帮我照顾一下。"

看着妻子苍白的面孔，徐特立心中像打翻了五味瓶，酸、甜、苦、辣各种滋味都有。为了自己上学，妻子忍饥挨饿，支持他的"破产读书计划"，徐特立考上宁江师范以后，家庭重担全都落在了妻子的肩上。妻子默默地忍受着，从不叫苦，她受了多少累，连自己也记不清了。

这次，妻子就要临产了，每天还要去山上砍柴，从

红军四渡赤水纪念碑

事繁重的体力劳动。夜晚,孩子降生时,跟前没有一个人照顾。妻子身体太虚弱了,她多么需要有人照顾啊。

徐特立看在眼里,疼在心上,可是,他又怎能留在家里呢?徐特立在好友姜济寰、何雨农的帮助和支持下,历尽千辛万苦,创办了全国第一所农村小学堂,即"梨江高等小学堂"。学校里里外外,全靠徐特立张罗。徐特立负责全部教学工作。为了节省学校经费,徐特立免费给学生讲课,不拿工资。同时,徐特立还同熊瑾玎、唐怡臣等人在他的家乡五美乡办了一所初级小学。徐特立一年的薪俸只有30元,此外还能收入400斤谷子。但这些钱对于办学来说远远不够,徐特立还总是挤出家中的生活费来资助贫苦学生,工作生活非常艰苦,他把全部精力都扑到了教学事业上。

这次,一个艰巨的任务摆在了他的面前,家庭需要他来照顾,怎么办?妻子已经够苦够累了,生病的孩子眼巴巴地望着他,刚刚出生的孩子还在襁褓中"哇哇"啼哭着。这一切都要求他留下来,尽丈夫、尽父亲应尽的义务。徐特立听着、看着,他的眼睛湿润了,望着窗外明月高悬的夜空,一朵浮云掠过,给大地投下了一道斑驳的暗影。徐特立作出了一个重要决定,不能只为个人家庭着想,家庭离不开他,学校的孩子们更离不开他。于是,徐特立就每天上午在学校

革命老人
——无产阶级教育家徐特立

上课，下午步行50里回家，为妻子、儿女煎药、煮饭、洗衣服，做家务活忙到深夜。略一合眼，就又起床赶回学校给学生上课。学校的老师和学生看他一天天瘦下去，都心疼地劝他好好休息一下，他总是摇头笑着说："不累不累，看见你们学习有进步，将来能为国家多做事，将来我就是死了，也感到高兴呀。"老师和学生们都感动得热泪盈眶。

正在徐特立日夜紧张忙碌的时候，他又收到了周南女校的聘书。原来，清朝政府不允许女子入学，更不允许创办女子学堂，因而，中国女子失去了求学机会，她们总是受到不平等待遇。有个叫朱剑凡的人，家中很有钱财，但他思想开明，认为不让女子入学是不平等的。朱剑凡不顾清朝政府反对，自筹经费，变卖了田产和住宅，建立起一所女子学校，起名叫"周

氏女塾"，人们都管它叫周南女校。由于学校刚刚开办，人们对它不太了解，许多想求学的女子也都抱观望态度，学校的学生很少。为了扩大学校的影响，朱剑凡决定聘请学识渊博的徐特立来学校任教。徐特立早就有创办女子学堂的愿望，只是苦于没有经费。这次，周南女校来聘他任教，可以为中国女子教育做出一大贡献。徐特立欣然同意，不顾家庭重负，在姜济寰支持下，离开他亲手创办的梨江高小，到"周氏女塾"担任教员。徐特立知识渊博，作风严谨，工作认真负责，深受学生和老师的爱戴和尊敬。周南女校的影响迅速扩大，要求入学的女生日益增多。在徐特立提议下，为发展女子教育，周氏女塾改称为周南女子师范学堂。徐特立担任师范部主任教员兼小学部主事。他和好友黄厘叔合作，为周南女校撰写了一支校歌。歌中唱道：

"地处长沙，山环水重深深锁。女校修明，应推先进周南我。毁家兴学，蒙难开基，创出文明母。到如今，三湘七泽有蜚声，郁郁、欣欣、芬芬、馥馥如花朵。同学们，静心学业，静心学业。发放我历史之光荣，效忠祖国，效忠祖国，永获光荣果。"

歌词清秀凄婉，又充满爱国激情，催人泪下。周南女子师范学堂里学生们不仅学习自然科学知识，而

红军长征纪念碑

且学习新思想，学校里思想非常活跃，大多数学生都倾向革命，她们受到徐特立的热情支持、关怀和爱护。

不久，徐特立到修业学校给学生讲演，他历数了甲午战争之后清朝政府对帝国主义侵略屈辱投降的历史。当时徐特立在周南女校有一个姓苏的女学生，她爸爸是湖南省善化县知县。1902年7月，辰州城发生瘟疫，死亡数千人，后来经调查发现，这场瘟疫是英国传教士胡绍祖、罗国瑜派人施放病毒引起的，当地人民愤怒万分，奋起围攻教堂，打死了胡绍祖、罗国瑜两个罪恶昭著的传教士。但英国向清政府提出抗议后，清朝政府即对辰州人民血腥镇压，杀死了十几个无辜的老百姓和一个有正义感的地方官。善化的苏知县前来为死难者收尸，痛哭失声，清政府得知后，把苏知县也罢了官。1906年，法国传教士王安之在江西南昌无故打死中国地方官员，横行霸道，当地群众气愤不过，一怒之下把他打死，英法帝国主义乘机把兵船开进鄱阳湖，对中国人民进行威胁恫吓，清政府再次屈膝投降，与帝国主义站在一道，镇压本国人民的反帝斗争。徐特立讲到这里，悲愤至极，声泪俱下，台下人们也痛哭失声，愤怒声讨帝国主义和清政府卖国贼的可耻罪行。徐特立为了表示对帝国主义的愤恨和雪耻决心，他冲进厨房拿起一把菜刀，当众砍下自己左手的一根指头，用殷红的鲜血写下了"驱除鞑虏，恢复中华"8个大字。之后血流不止，他当场晕倒在地，台下人声鼎沸，群情激昂。第二天，报纸就报道了徐特立断指写血书的事情，在全国引起极大震动，许多青年在他的感召下，纷纷投身革命。有位老先生

徐特立故居：长沙县五美乡观音塘

特地为徐特立写了一副对联，表示对徐特立爱国精神的赞扬和钦佩：

"罗子云仗义执言，效申包胥之哭；

徐特立拔刀断指，有南霁云之风。"

把徐特立比作古代坚贞爱国的申包胥、南霁云，充分表现了徐特立叱咤风云，举惊全国，动人心弦的壮举，一时被人们传为佳话。

徐特立主张一切人都应该有读书的机会，因此他早就想办一所学校，吸收没有机会读书而又迫切要求读书的人来读书。徐特立邀请了一些志同道合的朋友，在朱剑凡的支持下，他创办了第一所平民夜校，他亲自担任教员，向学生深入浅出地传授各种知识。平民夜校的学生都是劳苦人民，其中有打工的，有拉车的，有挑担的，有商店小学徒。徐特立和学生们深入交往，了解他们的疾苦，平易近人，使这些被"上层社会"所瞧不起的"粗人"对他非常感激和尊重，许多年以后，平民夜校的学生还都记得他。后来，徐特立在八路军长沙办事处工作，有一天，他正在街头讲演，宣传党的抗日方针，忽然一群日本飞机飞来轰炸。人们惊慌失措，四处躲藏，徐特立被人拥到街口，一位50多岁的人力车夫突然跑过来，把徐特立按到车上，拉起车飞跑，一直到达安全地带才把车子放下。徐特立十分奇怪，便问车夫身世，那个车夫扶住徐特立双肩，激动地说："徐先生，我就是您在平民夜校教过的学生啊。"两人都非常激动。

学校一个个建立起来了，经费可以想办法解决，至多是艰苦一些，学生的课本和纸笔都可以因陋就简，用沙土和树枝代替，但是，缺少教师不行呀，徐特立有再多的精力，也无法同时给几个学校的学生上课啊。这个问题必须解决，为了能够培养出更多教师，徐特立同好友姜济寰决定创办一所师范学校。为了寻找校址，徐特立足迹遍及长沙南北，最后选中了荷花池的泐潭寺。泐潭寺位于长沙城北的荷花池畔，占地数亩，

初名为"沩潭寺"，又名"法林寺"，因坐落在石门山内，故有"石门古刹"之称。

四周古树蓊郁，禅房幽邃，长期以来是文人墨客的游览胜地，是十分理想的办校地址。在好友姜济寰的支持下，长沙师范很快创办起来，徐特立担任长沙师范学校校长，在徐特立等人的努力下，这里英才辈出，培育出许多著名人物。徐特立专门为同学们写了一首脍炙人口的《毕业歌》：

休夸长沙十万口，子弟不教非我有。
十八乡镇半开化，少数通人难持久。
莫谓乡村阻力多，盘根错节须能手。

莫谓乡村馆谷薄，树人收获金如斗。

大家努力树桃李，使我古潭追邹鲁。

　　徐特立生活非常艰苦，在学校教职员中，他职位最高，工作最累，工资最少。但他还总是帮助别人，看到好友姜济寰陷于困境，借债度日，他于心不忍；就主动把校工位置让给姜济寰，自己只在湖南第一师范担任教师。在这里，汇集了许多优秀的教师，主要有徐特立、杨昌济、方维夏、王季范、黎锦熙等人，他们工作勤奋，知识渊博，作风简朴，思想开化，徐特立和杨昌济特别受到学生的尊敬。

何叔衡（右一）与李达雕像

蔡和森于1918年在布里村"留法工艺学校"学习。

在他们的影响下,湖南第一师范成为中国革命的摇篮,培养出许多杰出的革命人物,为中国革命抛头颅、洒热血,写下了许多可歌可泣的篇章。湖南第一师范的学生多数来自贫困的农民家庭,他们渴望知识,追求真理,勤奋好学,情操高尚,胸怀广阔,具有忧国忧民思想,其中最著名的人物有毛泽东、蔡和森、何叔衡、李维汉、张昆弟、郭亮等,他们都和徐特立结下了深厚的友谊。伟大的革命领袖毛泽东在为徐特立祝寿时说,他在青年求学时,最敬佩的老师只有两个,一个是徐特立,另一个是杨怀中。

积极求新的徐特立

年幼的徐特立生活在湖南长沙县的农村，母亲的早逝、父亲的整日劳累和生活的极度窘迫，使他初尝人世的艰辛。1886年，饱尝没有文化苦头的父亲东拼西凑了一点学费，将9岁的徐特立送进私塾读书。在私塾读过的诗歌、古文中，明末清初学者朱柏庐写的《治家格言》和明代忠臣杨椒山感情充溢的遗嘱，对徐特立产生了深刻的影响。16岁时，徐特立因家中亲人去世，必须自谋生计而不得不辍学。经过几年摸索，18岁时徐特立终于作出从文的决定，"确定教书兼习科举业"，"可以进步，又可谋生"。

于是，徐特立一边在家乡教蒙馆，一边"兼习科举"，苦读八股。但他反对考秀才用的死八股，特别是在得到长沙举人陈云峰的劝告后，徐特立立志求真知而不再把精力放在八股文上，"从此我不做八股了，成了一个好汉学的青年"。他甚至制订了"十年破产读书计划"，一心"读书求学问，进学不进学不去管他"。在博览经史子集的同时，徐特立积极阅读《湘学报》、《湘报》等传播西方文明的书刊，特别喜爱康有为、梁启超、谭嗣同等人写的那些针砭时弊、议论时政、激情洋溢的文章，一度自命为康梁的信徒。

1905年，清廷明令取消八股取士，改考经义，并加历史、地理。28岁的徐特立参加考试，在3 000名考生中名列第19名。虽然后来因经济困难而又不愿接受富家子弟的资助而放弃了复试，但他的名声不胫而走，各处学堂争相聘用，他不再需要为生计担忧。然而，他并不安心于农村塾师的职业，更不迷恋于个人的小康家庭。他考虑的问题，已经迥异于20岁以前主要为个人职业、家庭和前途着想，进而觉得该为国家、民族分忧了。他觉得自己应该离开家乡，到更为广阔的天地中去学习新的知识，探索救国救民的道路。他考入了由同盟会会员周震鳞在长沙城创办的宁乡速成师范，学习教育学、自然科学等新知识和西洋史、东洋史等讲授资产阶级革命的课程，开始接受资产阶级民主思想。

徐特立："已欲立而立人，己欲达而达人"

徐特立是伟大的教育家，也是毛主席的老师。他先后做过数十所学校的校长。但无论在哪一所学校，他都干得得心应手，游刃有余，老师拥护他，学生爱戴他。奥妙究竟在哪里呢？

"半截粉笔犹爱惜，公家物件总宜珍"

在长沙、在瑞金、在延安，徐特立都亲手创办了大量的学校，而且是在没钱或少钱的条件下办成功的。他凭的就是自力更生、艰苦奋斗这两大传统法宝。

徐特立在当延安自然科学院院长时，由于日本的侵略，国民党的封锁，没有科学仪器设备，没有必需的图书资料，甚至连普通的校舍、黑板、纸、笔都很缺乏。困难再大也难不倒徐特立，他带领师生们，自己做教具、自己制作实验设备、自己编写教材，还自己动手挖窑洞、建校舍。自力更生办起的延安自然科学院，居然能培养出世界闻名的科学家和专业管理人才，如著名的核动力专家彭士禄、中国地热之父任湘等，人才之多，举不胜举。

徐特立办长沙师范时也是白手起家。第一是没有校舍，最后想到善化县和长沙县已经合并，善化的学堂闲着，虽然是个破庙，收拾收拾，临时凑合着还可以用。教师不够，找朋友帮忙，只吃饭不给钱。没有校工，徐特立就自己兼。没有教材也是自己编。就这样，一座生气勃勃的长沙师范就办起来了。很多年过去了，长沙师范为国家培养了大量优秀人才。徐特立办长沙女子师范也是一样，校舍、黑板、桌椅都是借来的，没有经费，自己就在其他学校多兼课，所得的收入作为长沙女子师范的办学经费。

徐特立排行第二，他有一个外号叫"徐二叫花"，原因是他自奉极其俭朴。有一年除夕，他办完事深夜才返校，开水泡冷饭就成了他的年夜饭。徐特立在当长沙师范校长时，因为穿着过于粗朴，被周南女校的门房误认为是下人。更有趣的是他担任国民革命军第十八集团军高级参议时，被张治中将军的门卫挡在门外，说："今天张主席有重要客人来访，恕不接待。"等到徐特立回头拿来名片，张治中将军出来迎接，门卫才知道这位形似伙夫的老头就是今天的贵客徐特立。他当校长，教员坐轿子，他步行；教员吃小灶，他和学生一样吃大灶；教员穿皮鞋，他穿草鞋；别人请客，他从不去参加。他在《六十自传》里写道："节省日用，谢绝一切应酬，绝对不请朋友吃酒肉和茶点。"

　　筚路蓝缕，以启山林。徐特立为了办学，艰难困苦勤俭节约的程度超出一般人的想象。为了紧缩开支，哪怕一张纸、一支笔都不随便使用。教师们丢弃的剩残粉笔头，徐特立随时捡起来装在口袋里自己上课再用。学生们常常看到校长衣服口袋里鼓鼓囊囊的，不以为然。徐特立为此写了四句话："半截粉笔犹爱惜，公家物件总宜珍。诸生不解余衷曲，反谓余为细算人。"

"大家住得比我更挤，为什么我要一个人住呢"

条件再差的学校，徐特立也能够把它办好。因此徐特立得了一个外号叫"徐二镥锅"。镥锅，就是用铁水补破锅。破锅只要经镥锅匠一镥，便可以成为一口可用的锅。这是长沙市民和部分同行对徐特立敬业精神表示肯定的昵称。擅镥破锅，缘于徐特立当校长具有很强的凝聚力。他为人恭谦、民主、实干。他认为，遇到难事时，身体力行对师生具有很强的号召力。由于他做出了表率，有时学校发不出工资，只供伙食，教师照样上好每一堂课。学校缺少必要的设备，老师、学生都主动从自己家里把东西搬到学校里来。

他对本校的每一位教师都真诚对待，高度尊重，全面关怀他们的思想和生活，还很注意发挥他们的个人特长。因此不少名牌教师情愿俸金少一点，也都乐意在徐特立领导下任教。

他在长沙女子师范学校任校长时，一位著名的理化教师同时在长郡中学兼课，长郡每课时聘金1元，他经常缺课；女师每课时6角，他不但不缺课，而且教课非常认真，甚至主动为学生义务补课。有人问他这是为什么，他说："长郡中学的彭校长是老爷，高不可攀；徐校长平易近人，是朋友。我到长沙女师上课，常到徐校长的房里，坐在他床上，随便谈天。他接待殷勤，毫无隔阂，钟点费虽然少一点，但精神上非常愉快，所以愿为效劳。"

在延安自然科学院当院长时，教师们都是好几个人住一孔窑洞。按规定，徐特立可以单独住一孔，可是他定要别的老师和他三个人住一孔。晚上三个人聚在一盏小油灯下办公。他说："大家住得比我更挤，为什么我要一个人住呢？"住地到学校要翻几个山头，每到下雨，山陡路滑。他就打着赤脚，挂着拐杖，爬上爬下，从不因为年高路滑而迟到一分钟。那时他已经快70岁了，有这样一位做榜样的校长，教授们在教学上谁都不会掉以轻心，学生也没有吊儿郎当的现象发生。徐特立在笔记中写道："己欲立而立人，己欲达而达人。"他认为，作为校长，最重要的是迎难而上，率先垂范。

徐特立还有一个外号叫"徐家外婆"，因为他对学生像外婆对外孙那样慈爱，这是长沙女子师范的学生取的。徐特立以慈爱宽容的胸怀，获得学生的爱戴。一次，有个学生被开除了。晚上，徐特立辗转反侧，第二天他又派人把那个学生追回来，亲自和他语重心长地长谈，然后介绍他到长郡中学上学，后来这个学生变成了优等生。徐特立到了耄耋之年，虽不当校长、教师了，其慈爱宽容丝毫不减。此外，徐特立还经常资助寒门学子。例如，穷学生田汉想读书、买书，却苦于囊中羞涩。徐特立便把自己的购书折子给了他，任他购买，使他终生难忘，他赞扬徐特立忧国忧民关爱学生是："一片外婆心，满腹哀时泪。"

"我43岁学法文，一天一个字，7年可学

2 500多字"

徐特立在学校享有极高的威望。而学而不厌，不断更新知识，确保自己的学问在同行中遥遥领先，是徐特立获得师生一致敬重的原因之一。毛泽东曾经讲过他在湖南第一师范求学时，最敬佩的有两位老师，一位是杨怀中先生，一位是徐老。杨、徐二位之所以给毛泽东的印象深刻，主要缘于两人的人品和学识。徐特立不动笔墨不读书的习惯，在诸生中以毛泽东继承最好，毛泽东因此也受益匪浅。现在我们只要拿出徐特立和毛泽东读过的书对比一下，就会发现两人的批注方式惊人地相似。

徐特立18岁开始在乡村担任蒙馆的私塾教师，随后就施行宏伟的"十年破产读书计划"，28岁时考入宁乡师范速成班学习，33岁东渡日本考察小学教育，43岁留学法国，51岁入莫斯科孙中山中国劳动大学高级班学习。要留学法国，学习法语困难重重。法语毫无基础可言，由于年纪大，记忆力差，加上掉了两颗门牙，发音更吃力,但他毫不畏缩。他说:"我43岁学法文,一天学一个字,一年学365个字,7年可学2 500多字,到了50岁时,岂不就是一个通法文的人吗?假若一天学两个字,到了46岁半,就可以通一国文字。我尽管笨,断没有一天学一字学两字也学不会的。"经过一年多不懈的努力,终于能够读懂法文的科学书籍了,顺利考进了巴黎大学,4年以后又去了比利时、德国。

由于徐特立知识渊博,从蒙馆、初小、高小,到中学、师范、大学他都任过校长。除了音乐课不能上(少了两颗门牙唱歌不成),当时师范、中小学开的各门课程他都上过。当年长沙一共有800所小学校,所有教员基本上都是他的学生,他被公认为教育界的"长沙王"。

"我愿诸生青出蓝,人财物力莫摧残"

大家都知道毛泽东是他的学生,殊不知他的学生中还有很多政界要人、科学巨匠、文化名人,何叔衡、李维汉、蔡和森、蔡畅、许光达、刘英、田汉等都是他的学生。在徐特立的学生中，之所以能够出现那么多要人、伟人，主要原因之一就是徐特立不拘一格发现人才，因势利导培养人才，尤其注重校园高雅文化对学生的熏陶。

徐特立对学生施以温柔敦厚的诗教是有名的。徐特立当校长时，常在师生行经处挂一块小黑板，用诗教的形式对学生进行教育。这些诗后来被人收集，编为《校中百咏》。

他当长沙女子师范校长的时候，在晚上学生就寝以后，常常要女训育员陪同，一起巡视学生就寝的情况。有一次，他发现学生脚步重，踩得地板"咚咚"响，还一边走路一边谈笑。徐特立没有正言厉色地批评她们，第二天徐特立在那块小黑板上写道："脚尖踏地缓缓行，深恐眠人受我惊；为何同学不相惜，不出嘻声即足声？"

有个别学生嫌饭菜不好，到厨房寻衅打碗。徐特立认为事关道德品质，当即就对打碗的学生进行了教育。事后，徐特立把破碗搬到那块小黑板下。第二天，徐特立写道："我愿诸生青出蓝，人财物力莫摧残。昨宵到底缘何事，打破厨房碗一篮。""人非圣贤孰无过，只怕当时不自知。破碗重重置廊下，诸生一见应回思。"学生读了这些诗句，深受感动，愧疚不已。

徐特立和老同志在一起畅谈。

积极乐观　培养革命人才

大草坪上，散散落落地坐着许多红军战士，他们身穿灰军装，头戴八角帽，手中不停地摆弄着刺刀和长枪，他们正在利用练兵间隙，休息说笑呢。

突然，远方传来一阵"得得"的马蹄声，几个战士警惕地站起来，见远处驰来一匹大青马，由远而近，很快就来到大草坪了。从马上跳下来一个人，大约50岁左右，身上布满灰尘，但面容慈祥。他笑呵呵地问战士："同志们好呀，朱老总在这里吗？"

战士们迟疑了一下，反复打量着站在面前的这个人，刚要说话，朱德总司令已经从战士们当中挤过来了，他认出找他的这个人是徐特立，当年，徐特立还曾经参加过朱德领导的南昌起义呢。后来，朱德率领军队上了井冈山，和毛泽东一道开辟了中央革命根据地，但和徐特立已经好几年没见面了。

徐特立抓住朱德的双手，激动地说："老总呀，我又来做你的老兵了！"朱德打量着老朋友，笑呵呵地说："你不老，一点也不老！"接着，朱德又大声说道："要说你老，你也真是个老怪物，你背叛了封建社会，又看穿了资本主义的西洋镜，一直跑到共产主义营垒

来了！"朱德的话，引得在场人们都哈哈大笑，气氛十分热烈欢洽。徐特立四处走走，看见战士们唱歌、跳舞、擦枪、练刺刀，一片生气勃勃的样子，他非常高兴，便拿起战士手中的一把刺刀向假想敌人刺去，嘴里喊着："杀——杀——杀——"战士们见了，都说徐特立老当益壮，围着他又说又笑，像是对待久别的亲人一样。直到朱德派警卫员来叫他去吃饭，徐特立才恋恋不舍地和年轻战士们分手。

第二天，徐特立请求给他分配工作，考虑到徐特立的专长，中共中央决定让他去做教育工作，他欣然接受。朱德对徐特立说："老怪物，这个担子可不轻哟，你要教育俘虏，要做青年工作，还要帮助解放区军民学习文化知识，一切可够你老头子受呀。"徐特立笑着说："一切从头学吗，俘虏是人，青年是人，需要学知识的也是人，我一定能完成党交给的任务。"望着徐特立自信和认真的神态，朱老总会心地笑了，他想，中国革命多么需要徐特立这样的人啊。

徐特立初次做俘虏工作，很不熟悉情况，他就把俘虏一个一个地找来，亲切地同他们谈话，了解他们的身世，询问他们的要求，俘虏们看见他那和蔼可亲的面容，听见他那温柔诚恳的话语，许多人都感动得哭了。纷纷向徐特立讲述自己的悲惨身世，控诉国民党对他们犯下的滔天罪行。有一个俘虏兵态度非常顽固，每次谈话都横眉立目，非常恶劣，甚至有一次还当面骂徐特立是"老混蛋""老蠢猪"。战士们见了，非常气愤，冲上去要打那个俘虏兵，徐特立挥手制止了，依然和颜悦色地同这个俘虏兵谈话。这个俘虏兵终于受到感动，痛哭流涕地跪在徐特立面前坦白了自己的罪行。原来这个俘虏兵是个国民党特务，这次因和上级闹矛盾，才被派到军队里来打红军。他本来以为，共产党抓住他一定会枪毙的，却没想到，共产党不但不枪毙俘虏，反而对他们优待。他决定参加到革命阵营里来。在他的带动下，其他比较顽固的俘虏兵也纷纷转变了态度。徐特立经常倾听俘虏的意见，采纳他们提出的好建议，不断改善俘虏工作。有一个俘虏兵向徐特立提议说，发放粮食应该定量和登记，应该在把饭全部准备好之后，再按份统一开餐，以避免出现吃多吃少，或吃不上饭的情况，减少矛盾。徐特立采用了这些办法，表扬了这个俘虏兵，并让这个俘虏兵参与伙食的发放管理工作。这件事情在俘虏兵中引起了很大的反响，进一步调动了俘虏们的积极性。

当时中央苏区文化教育事业非常落后，很多人都不识字，连小学都没有上过。毛泽东很是焦虑，就委托徐特立发展苏区的教育。徐特立进行认真调查以后，制定了一个扫盲教育计划，提出要用"老公教老婆，

徐特立与朋友在一起

儿子教父亲，马夫教马夫，伙夫教伙夫，识字的教不识字的"方法，进行扫盲教育。他注意从农民和战士的实际出发，编写课本，浅显易懂，又有深刻的教育意义，深受苏区军民的欢迎，扫盲教育运动很快取得成效。徐特立在教农民和战士识字时，总是配合动作，他见群众喜欢唱歌，政治热情很高，就从写歌词入手，既教人们唱，又教人们读。学习时没有纸和笔，他就让人们拿手指当笔，手掌当纸，用右手指在左手掌反复比划练习，人们兴趣非常浓厚，农民每天学会一到两个字，久而久之，文化水平渐渐提高了，许多人都能够独立写信和看报纸了。

为了办好教育，徐特立不辞辛苦，深入到兴国、于都、宁都、瑞金等县进行实地考察，他发现这里人民生活非常贫困，就向毛泽东提出，应该设法改善人民的生活，做些人民最需要做的事情。毛泽东听了，非常高兴，问徐特立人民最迫切需要做哪些事，徐特立说，许多地区人民吃水没有井，靠肩挑篓背，小孩没有学校读书，无法学习文化知识。第二天，毛泽东就带领警卫员到最贫困的沙洲坝地区，亲自挖井。徐特立带领群众，在一块空地上盖起一个小茅屋，动员群众送来桌子、椅子，办起列宁小学，从此，许多孩子都有了上学的地方。

徐特立公园师圣阁

　　中共中央看见徐特立工作认真，效果显著，发展教育很有办法，于是，任命徐特立为中华苏维埃共和国人民教育委员会副部长，让他组织表彰先进活动。徐特立认真听取下面同志关于教育发展情况的汇报，有些人为多争取教育经费，谎报下边教育发展良好，有个县汇报有2 000个识字组，有个乡汇报说80％的人都进入了学习班。徐特立越听眉头皱得越紧，因为这和他实际调查到的情况不一样啊。于是，徐特立再次步行到各县各乡进行调查，结果发现，许多人汇报的情况都是假的。徐特立非常生气，他最恨弄虚作假的人。回到人民教育委员会以后，徐特立狠狠地批评了

坐落在北京理工大学校园的徐特立雕像

那些说假话的同志，有些还撤了职，换上诚实肯干的人，他又在非常少的教育经费中拨出一部分钱，奖励那些在教育工作中埋头苦干，工作踏实，认真负责的干部和教师。他奖罚分明，以前说假话的同志都感到十分羞愧，主动向徐特立承认错误，请求重新分配给他们工作。

国民党看见中央苏区蓬勃发展，人民力量迅速壮大，非常恐慌，四次调集大批军队向中央革命根据地发动进攻。在毛泽东、朱德、周恩来等人的领导下，进犯的敌人被红军打得落花流水，四散奔逃。1934年将介石又调集了100万军队，带着飞机和大炮，向中央革命根据地再次大举进攻，他叫嚷要在一个月之内彻底消灭红军和共产党。这时中国共产党的主要领导人王明，不肯采纳毛泽东的正确主张，坚持同敌人打硬仗。结果红军武器装备不足，在敌人飞机大炮的攻击下，步步后退，不得不离开根据地，爬雪山、过草地，到达陕北建立新的革命根据地。

徐特立年纪很大，但身体非常硬朗结实，他像年轻人一样参加长征，不骑马，不用人扶，还常常帮助别人。在十分困难的情况下，他仍然不忘记对红军战士进行宣传动员工作。有一次，一些红军战士到达宿营地后，疲惫不堪，有些人还唉声叹气。徐特立见了，就跑过来领大家唱歌、跳舞，气氛一下子活跃起来。徐特立见大家来了兴趣，他就悄悄溜走了。红军战士们唱啊、跳啊，忽然间看不见了徐特立，他们立即停下来四处寻找。这时徐特立回来了，他不知从哪弄了一件老羊皮袄，反穿在外面，手里拿着木棍，模仿《西游记》中孙猴子的样子蹦蹦跳跳地来了，他跳得轻捷活泼，完全不像个老人。他又给大家表演猴子抓虱子，全身上下，到处抓，抓到一个吃一个，乐得人们前仰后合，流出眼泪。然后徐特立就认真地给大家解释说：孙猴子又叫孙大圣，他不怕困难，不畏艰险，不怕妖魔鬼怪。我们要做孙大圣，要有大无畏的精神。日本鬼子就是妖魔恶鬼，但我们不要怕，一定能战胜

——无产阶级教育家徐特立

革命老人

他们。孙猴子有时还钻进妖精肚里呢，有时也受伤，但最后还是孙猴子胜利。他见大家都在认真听，就挠了挠耳朵，又说："孙猴子有一个缺点，就是不讲卫生，身上长满了虱子，只好一个一个抓住送进嘴里吃掉。我们红军战士可不能这样，在有条件时，一定要讲卫生，要洗脸、梳头、洗澡、换洗衣服，不要生虱子，更不要吃虱子。虱子这家伙尽吃我们的血，还传染疾病，和敌人一样。我们应该坚决、彻底、干净地消灭它们。"红军战士听了，都深受启发。徐特立为了能让战士们在长征途中学习识字，他在每个战士戴的

斗笠上都刻了字，这样，行军途中后面的战士就能够学习识字了，后来，有些人干脆在衣服的后背上写字，让后面的同志把自己当作活动识字板。徐特立还要求前面的部队弄一些木牌子，在上面写字插在路边，既当作行军标记，又供战士识字用。这样，战士们在紧张的行军途中，又轻松愉快地学习了文化知识，增添了行军乐趣。

红军到达陕北以后，建立了中华工农民主共和国中央政府办事处，中央委任徐特立担任教育部长。

徐特立生活依然非常俭朴。他担任教育部长，本

来生活应该比其他人好些，但他坚持过艰苦生活，每天只穿一件破皮袄，腰间系一麻绳，脚下穿着草鞋。有一次他到瓦窑堡一所小学校去听课，小学教师王志匀同志误认为他是一个马夫，没有理会。第二天徐特立带着董必武和冯雪峰又去听课。当时冯雪峰是领导干部，陕北人基本上都认识他，王志匀见冯雪峰和一个马夫一起进来，非常奇怪。冯雪峰向王志匀介绍了徐特立和董必武的身份以后，王志匀才明白站在自己面前的"马夫"，原来就是鼎鼎大名的教育家徐特立，还是自己的最高上级，不由十分吃惊，更对徐特立艰苦朴素、深入实际的作风钦佩不已。

徐特立根据自己多年的办学经验，认为在陕北发展教育的首要任务是培养教师。于是他又积极筹备创办学校。在毛泽东等中央领导人的支持下，徐特立历尽艰辛，先后创办了列宁小学教师训练班和鲁迅师范，为陕北教育事业的发展培养了大批合格人才。徐特立办学非常讲究实际，他亲自指导，亲自给学生授课，发动学生动手，到河沟和山上搬取石块，自己搭盖简陋的屋子当教室，又用石块当桌椅。没有笔和纸，就折树枝教学生在沙土上写字，用手指在手心上练习。

徐特立热心办教育，创立学校，为革命培养了大量人才，人们都称他是革命的教育家。

最危险的时候入党

1924年夏，徐特立回到国内，继续致力于湖南教育。他创办长沙女子师范并担任校长，同时兼任长沙师范、湖南省立第一女子师范的校长，精心治理三所学校，继续实践他教育救国的宏愿。

随着国民党一大召开，国共合作，国民党实行"联俄、联共、扶助农工"的三大政策。在中共湖南省委组织部部长何叔衡的建议下，徐特立参加了国民党左派，以图"一起来促进国民革命"。1926年12月，他会见了回湖南考察农民运动的毛泽东，随后于1927年春回家乡调查农民运动的情况。农村翻天覆地的变化令他惊喜不已，他开始认识到"少数学生无法挽回国运……教育救国是我30年来的一种幻想"，于是积极投身农民运动，加入大革命的洪流。

1927年3月，他担任湖南农民协会教育科科长兼湖南农民运动讲习所主任，还被选为国民党长沙市党部工农部部长，为发展湖南的工农运动做了大量的工作。

然而，1927年4月国民党右派公开叛变革命，5月21日长沙发生"马日事变"，共产党人和革命群众遭到疯狂屠杀。面对血雨腥风的白色恐怖，徐特立拒绝了反动派对他的拉拢、利诱，毅然决然地抛弃一切，冒着杀头的危险加入了中国共产党，成为一名坚强的共产主义战士。对此，陆定一在《人民教育家》一文中给予了极高的评价："人民教育家徐特立同志，就这样给全党同志上了第一课：困难时不要动摇，应当更坚定地奋斗，革命是一定胜利的。徐老给我们的教科书，就是他的入党，这本没有字的教科书，比什么教科书都好，也比什么教科书都重要。"

毛泽东给徐特立的一封信

徐老同志：

你是我二十年前的先生，你现在仍然是我的先生，你将来必定还是我的先生。当革命失败的时候，许多共产党员离开了共产党，有些甚至跑到敌人那边去了，你却在一九二七年秋天加入共产党，而且取的态度是十分积极的。从那时至今长期的艰苦斗争中，你比许多青年壮年党员还要积极，还要不怕困难，还要虚心学习新的东西。什么"老"，什么"身体精神不行"，什么"困难障碍"，在你面前都降服了。而在有些人面前呢？却做了畏葸不前的借口。你是懂得很多而时刻以为不足，而在有些人本来只有"半桶水"，却偏要"淌得很"。你是心里想的就是口里说的与手里做的，而在有些人他们心之某一角落，却不免藏着一些腌腌臜臜的东西。你是任何时候都是同群众在一块的，而在有些人却似乎以脱离群众为快乐。你是处处表现自己就是服从党的与革命的纪律之模范，而在有些人却似乎认为纪律只是束缚人家的，自己并不包括在内。你是革命第一，工作第一，他人第一，而在有些人却是出风头第一，休息第一，自己第一。你总是拣难事做，从来也不躲避责任，而在有些人则只愿意拣轻松事做，遇到担当责任的关头就躲避了。所有这些方面我都是佩服你的，愿意继续地学习你的，也愿意全党同志学习你。当你六十岁生日的时候写这封信祝贺你，愿你健康，愿你长寿，愿你成为一切革命党人与全体人民的模范。

此致

革命的敬礼！

毛泽东

一九三七年一月三十日于延安

徐特立的学习方法："时刻以为不足"

在中共党内，董必武、林伯渠、徐特立、谢觉哉、吴玉章被称为"延安五老"。他们是最早入党的一批中共党员，终生为党和人民的事业奋斗，功勋卓著。

作为我们党"延安五老"之一的徐特立，是杰出的无产阶级教育家。毛泽东称赞徐特立："你对自己学而不厌，你对别人诲而不倦，这个品质使你成为中国杰出的革命教育家。"他还这样评价徐特立："你是懂得很多而时刻以为不足，而在有些人本来只有'半桶水'，却偏要'淌得很'"。徐特立"学而不厌""时刻以为不足"的学习方法，值得我们借鉴。

定量、有恒。徐特立自学成才，定量、有恒的学习方法是他成功的法宝，也是他一生都秉持的学习方法。比如，《说文解字》中部首有540字，徐特立在自学时每天只读两个，一年读完。他认为光贪多，不能理解和记忆，读了等于不读。在教中学生的时候，也是这本书，他要求学生每天课余记一字，两年学完，有些学生偏要星期六同时学6个字，结果，到默写的时候，多半人都写不出来。他说这就是"不按一定分量、不能保持经常学习的害处"。1961年冬天，一名记者邀约徐特立谈青年人的学习问题，徐特立首先说："先问你一个问题，你们当记者的怎么学习？"这位记者说："我学习没有计划，常常是工作一忙，就埋在稿子里面，把学习放松了。一时还不觉得怎样，一年过去了，觉得整天忙忙碌碌，没有扎扎实实读点书，学点知识。"徐特立说："我读书的办法总是以'定量''有恒'为主。"他说："每个人自己要有一个算盘，打算一天读多少？一年读多少？一生读多少？要有个计划。哪怕一天学一点，只要不间断，就能得到知识。问题就是要坚持，要持之以恒。这个'恒'字，对青年的学习尤为重要。"

制定长远的学习计划。这与学习"有恒"是

密切相连的。1919年，徐特立43岁。这时他已教了20年的中小学和高等师范，在湖南教育界享有很高声誉和地位。但他却积极地支持和参加"留法勤工俭学"运动。在动身赴法国的时候，有人劝他："年纪这么大了，还学得什么？何必一定要做扶拐棍的学生呢？"徐特立说："我今年43岁……混到60岁来了。到了60岁，还同43岁时一样无学问，这17年，岂不冤枉过了日子？这17年做的事情，岂不全无进步了？到了60岁时来悔，那就更迟了，何不就从今日学起呢？"于是，他放下教师的架子，以一名普通的老年学生的姿态，和青年们一起奔赴法国，去学新知识、新本领。延安时期，徐特立出任延安自然科学院院长，仍紧跟时代步伐，制定长远的读书学习计划。1944年，他在一首诗中写道："不落时代后，年老才可宝……年老不足耻，所耻在自足……同时易自骄，堕落成顽固；我们不警惕，误党兼自误。"1947年1月，是徐特立70寿辰。谢觉哉在致徐特立的贺信中指出：我认识你22年了。你"天天求前进，索真理。今天的我已不是昨天的我，明天的我又必不是今天的我。年已70，尚在作10年、20年的学习计划。"曾三在贺信中也指出："您今年70岁了，还是每天抱着书本，做10小时左右的工作，计划着20年、30年。为了编写课本，对每一课内容，您都参考几本几十本书，甚至下决心重新学习。"徐特立这种年复一年、不断读书学习的计划，一直坚持到晚年，从未懈怠。

"不动笔墨不读书。"这是徐特立的一句名言。青年时代徐特立信奉"读书贵有师，尤贵有书"，制定了一个"破产读书计划"，把他继承过来的一点薄产变卖之后买书，当时一些价格很高的大部头书，如《十二经注疏》《读史方舆纪要》《御批资治通鉴》等，他都一一买回来自学。在自学过程中，他常在书中要紧的地方画线，以便记忆和复习，有时选出要紧的句子用本子抄。这一做法使他获益很大。在湖南第一师范学校教书的时候，徐特立发现大多数学生在阅读时存在贪多求快、不求甚解的毛病。

他教育学生，读书要注意消化，要标记书中的要点，要在书眉上写下自己的心得体会和意见，还要摘抄自己认为精彩的地方。这样读一句算一句，读一本算一本。对于徐特立的这一读书学习方法和效果，谢觉哉写诗赞颂曰："你精教育学，尤深研数理。哲学政法书，看抄批不已。贯穿辩证法，新奇出腐里。"

"学足三余。"这是古人学习的一条经验，也是徐特立非常推崇的学习方法。《三国志·王肃传》上有"学足三余"的话，意思是说晚上是日中多余的时候，落雨下雪是晴天多余的时候，冬季是春夏秋三季多余的时候；平日都要工作，只有得闲多余的时候读书学习，坚持下去，学问才会丰富起来。徐特立身体力行并大力发展了"学足三余"的做法，充分利用一切可以利用的业余时间来学习，就连吃饭、走路、睡觉，甚至在劳动中也不忘学习。徐特立同别人谈起自己青年时期的自学经历时说："教蒙馆时，日中间总是替学生做事。自己读书，要到晚上八九点钟以后，每日只读两三点钟的书。平日走路，同晚上睡醒了天没有明的时候就读书。口袋常带一本表解，我的代数、几何、三角，都是走路时看表解学的；心理学、伦理学，都是选出中间的术语，抄成小本子，放在口袋中熟读的。我学《说文》，不晓得写篆字，晚上睡不着及走路时用手指在手掌中写来写去。"后来，他到法国勤工俭学再到苏联学习过程中，学法文、俄文的单词，也都是这样学的。"学足三余"使徐特立须臾离不开书籍。即使在长征路上，徐特立个人生活用品极简单，在马褡子里却装着喜爱的书籍。当时，他和董必武、谢觉哉、吴玉章等几位老同志在何长工担任警卫队队长的队伍中，为减轻马匹压力加快行军速度，何长工下令烧书。徐特立说："谁要烧我的书，我就和谁拼命！"董必武知道徐特立爱书如命便从中调解，他自己奉命焚书，而徐特立的书得以保存。

无书不读、无书不可读。徐特立个人读书

的范围很广，他主张无书不读、无书不可读。徐特立早年家贫失学后，通过自学，涉猎了经、史、子、集，而尤爱好自然科学，学会了代数、几何、三角、物理、化学等科的基本知识。这使徐特立的社会科学和自然科学知识都很渊博，但是他并不自满。他经常抽出时间学习马列主义，学习自然科学，经常找年轻教师谈自然辩证法，谈自然科学，态度谦虚，从不盛气凌人、自以为是。他认为，只有知识范围广博，才可以成为教育者，才能培养批判、借鉴的眼光。对于医药卜筮之书、宗教经典和劝世文这类在一些人看来价值不大的书，徐特立认为也要读。他指出，这些书虽然没有科学意义，却有历史意义。在主张广泛读书、学习的同时，徐特立又特别寄语青年："有关国家书常读，无益身心事莫为。"关心国家事、天下事是中国读书人的传统，徐特立特别期望青年后学要有这样一种读书、学习的精神状态，而这也正是他自己一生读书学习的真实写照。

教育救国

随着立宪派组织发动的三次大规模的请愿活动相继失败，徐特立逐渐认识到改良主义在中国行不通，必须通过革命推翻清政府的统治。于是，他向革命党人林伯渠等人了解革命形势，表示要追随孙中山，参加革命。1911年武昌起义爆发，在湖南还是黑云压城之际，徐特立约集一些进步教员，到处宣传演讲，号召大家支持革命。

湖南解放后，徐特立担任省临时议会的副议长，一心为新政权的建设出力。然而官场的腐败，使他很快感到失望和愤慨。他相继辞去省议会副议长和省教育司科长的职务，决心回到教育界，用教育来改革人心，以实现教育救国的愿望。他创办并苦心经营着长沙师范，并到湖南第一师范等学校任教。他的崇高品德、渊博学识以及强烈的爱国热情，对毛泽东、蔡和森等许多有志匡时救国的学子产生了深刻的影响。

不准体罚学生

北京人民大会堂里灯火辉煌。

徐特立主持召开的人民教育会议，有秩序地进行着，这里集中了新中国教育界的学者、专家、名流，他们在探讨如何发展新中国教育问题。

徐特立坐在主席台上，仔细听着各代表关于教育发展情况的报告，不时地翻一翻平放在主席台上的材料。

保定育德中学旧址。现育德中学附近建有留法勤工俭学纪念馆。

问题一个个提出来了，人们普遍反映，学校中处罚和惩办学生的现象十分严重。

一个教师站起身来，说道："有些学校，教师处罚学生的手段是十分恶劣的。我听到这样一件事，有个学生在地上吐一口痰，老师硬逼着这个学生把痰用舌头舔去，不然就拳打脚踢，不准这个学生上课。"

这个教师话音一落，会场上立即响起了一片叽叽喳喳的议论声，人们对这种恶劣行为极为愤慨。

徐特立"啪"的一拳砸在主席台上，会场顿时静下来，人们怔怔地望着徐特立，他额头青筋鼓起，嘴角一动一动，显然是强行压制着怒气。

"这些教师不但不热爱儿童，而是严重地虐待儿童，这是违法的，应该加以处分！"徐特立看了一眼各地教育机构的负责人，又激动地说："教育行政部门，没有教育这些教师，不能消灭学校体罚现象，是有亏职守的！"

徐特立越说越愤怒，在座的人都深受感动，他们纷纷表示，一定要多方努力，革除过去轻侮儿童的教育方式，改用新的教育方式培养下一代。

会议结束后，徐特立心情非常沉重，他知道，体罚学生是旧时代沿袭下来的一种恶习，想在短时间内彻底加以改变，是不可能的，也是不现实的。但是，他作为新中国儿童教育的负责人，怎能面对这种情况而无动于衷呢？儿童是祖国的花朵和未来的栋梁，体罚只会挫伤他们的积极性，伤害他们的自尊心，达不到教育的目的，反而会适得其反。正确的方法应该是引导他们，因势利导，循循善诱，发现优点，发挥长处，克服缺点。他记起了一件往事：我国著名戏剧家田汉，小时家境贫寒，但聪颖活泼，爱动脑筋，表现出文学方面的天才。他在长沙师范学校读书时，那里有两位老教师名叫"首元龙"和"黄竹村"。田汉纠集几个顽皮同学，用徐特立、首元龙和黄竹村三人的姓名写了一首打油诗，贴在教室窗户上，上面写着："特立狂涛骇浪中，宝刀血溅首元龙"，"黄竹村中鸡犬喧"等句。教师和学生见了，都发笑不止，也有人暗暗替田汉等人捏了一把汗，认为他们一定会受到校长徐特立的处分。黄竹村和首元龙两位老教师见后，非常愤怒，也非常伤心，他们认为这是学生有意侮辱师长，有失道德，要求徐特立对他们严加处分。徐特立一面安慰两位老教师，一面对田汉等人进行批评教育，向他们讲述尊敬师长的道理。在徐特立的耐心说服下，田汉等人承认了

田汉——曾经是徐特立的学生

错误，并向黄竹村、首元龙两位老师主动道歉。在这一事件中，徐特立发现田汉在文学方面有潜在的能力，就鼓励他要把聪明才智、写作技能真正运用到文学中去，写出优秀的文章和诗篇，要他发挥出自己的专长，为将来深造打下良好基础。田汉听从了徐特立的劝导，带领同学们办起"窗户报"，把诗歌和文章都贴在窗户上。徐特立热情支持学生的这一活动，每天晚上都要提着灯笼到教室窗下转一圈，仔细阅读。遇见好的文章就摘抄下来，发表在《教育周刊》上，这一下更加调动了同学们的积极性，他们纷纷写作，后来有许多人成长为诗人和剧作家。

想到这里，徐特立不由叹了口气，整整一夜，他辗转难眠，思考着应该如何采取措施，打掉教育中体罚学生的恶习。他想来想去，决定给《人民教育》《教师报》和《新观察》等报纸杂志写文章，通过介绍自己的办学经验，来教育人们，刹住这股歪风。

艰苦朴素　为人师表

寒冬腊月，北风萧萧，冰凉刺骨。

北京王府井街头，依然人流如潮，熙熙攘攘，热闹非凡。

一个身穿破棉袄，头戴旧毡帽的老人，手中挎着篮子，步履蹒跚，沿着人行道向前走去，篮子里装着一棵冻圆白菜。

"徐部长，您又出来买菜了？"路旁摆摊的一个中年妇女大声说道。她认出头戴毡帽的老人，就是大名

布里村留法工艺学校实习工厂。墙上的"业精于勤"是蔡元培书写的横匾。

鼎鼎的教育家、中共中央宣传部副部长徐特立，徐特立是这一带菜摊的老主顾了，大家和他都很熟。

徐特立停住脚步，回头笑笑，说："天气倒蛮冷啊，你们总站在这里，可要多穿点，冷天不留情哟。"

一个穿羊皮袄的青年人接过话："徐部长，我们不怕，年轻身体壮，您可得多穿点呀，棉袄已经有大洞了，还是回去换件新的吧。您一个堂堂的大部长，怎能和我们穿同样破旧的衣服呢。"

徐特立抬起胳膊，果然，肘下的补丁掉了一块，露出了旧得发黄的棉花，风从这里吹进来，身上冷飕飕的。

"补补还能穿嘛，农民一件衣服要穿几十年，甚至一代传一代。我这件可比他们的好多了，还可以再穿几年。"徐特立一边说着，一边把肘上露风的地方贴在身上，这样风就灌不进去了。

　　跟前的人一齐笑，"想不到毛主席的老师生活还这样艰苦呀。"不知谁小声说了一句。徐特立听了，立即说："现在和以往不一样了。毛主席处处为人民着想，他的生活，比我们还要艰苦呢。革命就是为了能让人民过上好日子，可不是为了个人享受。我们年岁大了，又是吃惯苦的人，再艰苦一点，也没有啥，等老百姓都过上了好日子，小孩子都有了书读，我们过点好生活，也真正从心里感到舒服呀。"大家听了，连连点头称是。

八一南昌起义纪念塔

革命老人
——无产阶级教育家徐特立

徐特立回到家里，忽然想起了一件事：原来，《新观察》杂志最近要发表一批关于青少年教育方面的文章，特意邀请徐特立撰篇稿子，对青少年说几句话。徐特立是很关心青少年健康成长的，他有许多话要对青少年朋友说，但在这篇短小的文章里，关键是要说什么呢？徐特立想啊想啊，他认为，首先应该告诉青少年朋友的，是让他们珍惜时间。

于是，徐特立铺开信纸，给青少年朋友写起信来。他在信中说："每个人自己要有一个算盘，打算一天读多少？一年读多少？一生读多少？要有个计划。哪怕一天学一点，只要不间断，就能得到知识。"他反复强调，学习，不怕学得少，就怕不坚持。青年人常常觉得自己年轻，日子长得很，以为一天不学没有关系，反正今天不读还有明天，明天又还有明天，这是最危险的。要知道，对于时间问题，无论什么阶级，凡是有作为的人都是抓得紧的。他还举例说："一寸光阴一寸金，寸金难买寸光阴，我觉得光阴不是钱，而是生命，人失去一分钟，就短了一分钟生命。鲁迅是最爱惜时间的，鲁迅以妨碍别人的时间为谋财害命，我以为自己浪费时间就是浪费生命，世界上最大的浪费莫过于浪费生命了吧。"

徐特立写完信，反复看了几遍，还算满意，于是，把稿子誊抄清楚，交给了前来取稿的《新观察》编辑。

这封信公开发表以后，深受青少年朋友和广大中小学教师的欢迎，他们纷纷给徐特立写信，希望徐特立能给他们做一个报告。徐特立接到这些信后，一一读着，心中很不平静。他想，过去，穷苦的青少年想读书没有条件，现在新中国成立了，他们渴望读书，这是一种好现象，应该鼓励他们。但是，条件好了，会不会有人不求进取，当起"阔少爷""阔小姐"了呢？

这样想着，徐特立决定再写一封长信，以和青少年谈话的方式，教育他们过艰苦朴素的生活。徐特立一连考虑了几天，认为这个方案可行，他便开始动笔和青少年朋友倾心长谈了。信头他说了这样几句非常深刻的话：现在我们的青年不必再为国家存亡担忧，也没有生活的逼迫，客观环境很好，这是好的一面，但也有可能因此使我们的青年变成"大小姐""大少爷"，所以我们提倡勤工俭学，可以锻炼青年，为青年的全面发展创造有利的条件。勤俭二字是永远永远需要的，现在需要，到了共产主义社会也需要。有了勤俭，社会才能前进。在教育制度上有了勤俭，也会使教育事业大大前进。我送给青年两句话：劳力与劳心

　　长沙师范学校由毛主席老师，共和国教育事业奠基人、杰出的无产阶级革命家和教育家徐特立创办于1912年，现为湖南省教育厅直属高等学校。校名全称"长沙师范高等专科学校"，为纪念徐老，教育部规定仍然使用现名。

并进，手和脑并用。

　　徐特立教育青少年应该艰苦朴素，他以自己节俭为例，风趣地写道："我平日过惯了俭朴的生活，觉得只有俭朴才能使精神愉快。我有一桩非常得意的事情，就是从来没有被扒窃过。因为我的房间里，没有皮箱、大柜一类值钱的家具，也没有珍美精贵的物品。发了薪金，我把钱随手放在网篮里的破旧书籍里，扒手和小偷哪里能想到，在这些故纸堆里，会放着他们要扒窃的银钱呢！因此，我的钱从来没有丢失过。"他又讲了两个故事。有一次，国民党湖南省主席张治中为徐特立举行宴会。徐特立来赴宴时，仍然穿着他平日穿的，也是仅有的灰棉布军装，当他步行到省府门口时，张治中的警卫以为徐特立是一个退伍兵，说什么也不让他进去。徐特立没有办法，只好跑回住处取来名片。他回到省府时，张治中已经等得非常着急，正在门口探望，徐特立说明原委后，张治中把警卫训斥了一顿，他对徐特立的俭朴非常敬佩。还有一次，徐特立在大街上走路，被两个土匪绑架了，他们以为在徐特立身上一定会搜到许多钱，可是把徐特立带到僻静处后，身上没有一文钱，衣服也是补丁罗补丁，土匪非常失望。

徐特立还告诉青少年，要动手动脑，把学习与实际结合起来，多想办法。他讲了这样一个故事：从前

革命老人
——无产阶级教育家徐特立

北京理工大学是"理工为主，工理文协调发展"的全国重点大学，隶属于工业和信息化部。徐特立曾担任过该学校的主要领导。

有一个傻子，他爸爸为了考察他到底会不会想办法，就把傻子的双手绑在一个长木棍上，让傻子从门出去。起初傻子怎样也出不去，但后来当爸爸的就用鞭子狠狠地打他，傻子疼得受不了想跑出去，终于侧着身子出去了。徐特立讲到这里，又启发说，办法是逼出来的，逼得紧了，就连傻子也会想办法，应该从实际情况出发。他又说，当然，打人的办法是不对的，应该耐心进行开导教育。

徐特立的这封信，语重心长，趣味横生，道理通俗易懂，深入浅出。发出以后，徐特立长长地舒了口气，他忽然想回家乡，看看他亲手创办的五美小学校了。

徐特立和夫人熊立诚商议，熊立诚很高兴地答应了。他们都是年逾80岁的老人，怎能不思念自己的家乡呢？于是，他们先来到了长沙。五美乡的干部和群众听说徐特立要来，纷纷跑到长沙迎接。他们见徐特立年岁大了，便做了两副轿子硬让两位老人坐上去。徐特立坚持不肯，他呵呵笑着说："我很长时间没回来了，现在要边走边看，看看家乡发生了多大变化哟。"徐特立步行二十多里，来到他亲手创办的五美小学校，这里环境已经大为改变，校舍面貌焕然一新。徐特立从老师们口中，知道了现在的学生爱学习、爱劳动，保持和发扬了他创校时的优良传统，他感到非常高兴。徐特立正在同老师、学生们交谈，忽然来了一个个矮但精神矍铄的老人，原来是徐特立少年时代的好朋友陈子吉。陈子吉小时，总和徐特立一起上山砍柴，徐特立像对待亲弟弟一样照顾他，每天总是先帮陈子吉砍满筐，再砍自己的。两位老人手拉着手，激动得热泪盈眶。为鼓励学生勤奋学习，徐特立亲手为五美学校栽了两棵蜜桔树，希望五美小学能够培育出越来越多的有用人才，就像这两棵树一样，枝叶长青，永结硕果。

离开五美小学时，师生含泪和徐特立依依惜别，徐特立飘动着满头白发，他反复叮嘱说："你们一定要

湖南著名教育家徐特立在43岁时与青年学生一起赴法勤工俭学的照片。

发奋读书，利用大好时光，多学知识，做有利于国家和社会的人。"并在学校纪念册上写下了这样几句话：

"创业难，守业更难，须知物力维艰，事事莫争虚体面，老老实实，勤俭建国，发奋图强！"

"实事求是，不自以为是。虚心使人进步，骄傲使人落后。青年饱经锻炼，老来不畏风霜。"

五美学校的师生们，目送徐特立渐渐远去的背影，他们没有想到，这是徐特立最后一次来看望他们，留在纪念册上的，是徐特立珍贵的遗言。1968年11月28日，我们伟大的教育家、革命家徐特立在北京逝世了，他永远地离开了我们，但又把艰苦创业的精神留给了

北京育才学校中的徐特立雕像

我们，永远受到中国人民的怀念和尊重。徐特立对青年一代无比关怀和爱护，我们一定不会忘记他的嘱托：应当比前一代怀更大的志气，抱更大的理想，负更大的责任，把祖国建设得繁荣兴旺，奔向更加光辉灿烂的明天。

徐特立出生在贫苦农民家庭，大部分时间生活在动荡艰苦的年代。他刻苦勤奋，不畏艰辛，追求光明，对党对人民任劳任怨，鞠躬尽瘁。我们应该学习他艰苦创业的精神，为振兴中华而努力读书，奋发图强，勤俭建国。

徐特立公园

徐特立公园是为纪念伟大的无产阶级革命家、教育家徐特立而建的一座纪念性公园。公园位于星沙大学城中央，毗邻长沙师范专科学校、湖南大众传媒职业技术学院，长沙卫校，其前身为星沙生态公园，后改建为徐特立公园，并于2005年8月正式向公众开放，成为长沙市尊师重教基地。该公园位于长沙县星沙镇，突出纪念和缅怀的主题。在公园正门的苍松翠柏之中，建有高大的徐特立铜像。塑像高8.5米，其中基座3米，铜像5.5米。塑像两侧及身后为层层叠叠的仿自然石块，具有瀑布效果的层层滴水，象征着徐特立精神源远流长。徐特立公园山坡中心为师恩台。师恩台正中间一个半圆形石墙上，镌刻着毛泽东对徐特立发自内心的感言："你是我二十年前的先生，你现在仍然是我的先生，你将来必定还是我的先生。"石墙的背面刻着毛泽东1937年在延安祝贺徐特立60岁生日的亲笔信。公园最高处，矗立着陈列徐特立生平事迹的师圣阁。师圣阁高达4层，主体为仿古悬挑式结构，屋顶具有现代建筑气息。公园继承徐老的重教传统，建有收藏图书10万余册的徐特立图书馆和建筑面积达1 000多平方米的艺术馆。公园还建有沧浪池、长廊、寄语亭、荷花池、杏坛等20余个特色鲜明的景点，并通过文字介绍了徐特立先生一生重教、忧国忧民的感人事迹。

徐特立公园

徐特立的教育理念

徐特立特别注重创新教育理念，他的教育思想主张与其办学、教学实践活动紧紧地联系在一起，主要包括以下内容：

1. 主张教育救国，强调开启民智。"五四"至大革命前的徐特立是一个具有爱国主义思想的旧民主主义教育家。他认为，教育对革命的影响重大，具有改造旧社会和建设新社会的重要作用，因而，主张教育救国，依靠教育来实现民族革命和民主革命，以达到维护国家独立和复兴中华之目的。为此，必须大力发展平民教育，以开启民智，为民族民主革命打下基础。他深感"小学教育是开启民智的主要阵地和一切教育的基础"。他从宁乡速成师范结业后即创办梨江小学和第一所平民夜校，就是实践这一教育思想之首举。他不仅热衷于小学教育，更重视发展师范教育和女子教育，提出"教育师为本""女子能撑半边天"的观点，都是"教育救国，以开民智"的教育理念创新的表现。

2. 公立教育与私立教育并举，互相促进，共存共荣。徐特立提出：办教育不仅政府有责任，而且公民既有受教育的权利，也有办教育的义务。只有实行"两条腿走路"的方针，教育方能繁荣昌盛，满足大众需求。他身体力行，除创建私立梨江小学、私立五美高小、私立长沙女师等学校外，还在长沙县知事姜济寰的支持下，创办了县立长沙师范学校。公立教育和私立教育双管齐下，有效地促进了当时小学教育、师范教育和女子教育的发展。如私立五美高级小学的创建带动了整个五美乡，全乡贤达仁君纷纷起来兴教，先后办起50多所国民小学。

3. 关爱学生，以培养人才为重。这是徐特立教育思想的一大突出亮点。他明确指出：教育是有情有爱之事，是为国育才之大事，切切不可等闲视之。教师从事教育事业，必须关爱自己的教育对象，特别要厚爱贫困学生。他强调说："爱学生是爱教育的重要表现，又是教好学生的前提。教师的主要任务就是搞好教书育人，既提高学生的文化知识素养，又指导他们学会为人处世，努力奋发向上。这是对学生最大的关爱。"徐特立在教学中率先垂范，所教课程都深受学生好评。如讲授《教育学》《各科教学法》时，他采取举行座谈会、参观学习、开展课余活动等多种形式，让学生理解掌握教育理论和方法。讲《修身》课时，他不谈空洞的教条和抽象的大道理，而是结合历史和现实中的典型事例，特别是爱国悯民的仁人志士的嘉言懿行来激励学生。他还以自己的生活经历来开导学生，尤其是创办长沙师范的曲折坎坷之路，勉励学生培养艰苦奋斗的精神，锻炼坚强的意志，陶冶崇高的品性，将来能成大事业。以后毛泽东和周世钊谈起徐特立的艰苦创业精神时，曾作如下一番评述："徐先生办长师，不顾利害，不怕困难，牺牲自己的一切，干别人不敢不愿干的事情。徐先生常常把方便让给别人，把困难担在自己肩上，惯于摆烂摊子，顶烂斗笠，在没有一间房子、没有一个钱的情况下，居然创办起一所规模不小的师范学校。这种'镙锅'的精神深深地教育了学生。"除教学精益求精外，徐特立对学生的学业指导也是非常得法奏效的。他针对学生读书贪多图快的毛病，提出"不动笔墨不读书"的警言，强调读书要精读、深思、勤写笔记，这些教导使学生受益匪浅。毛泽东在湖南一师求学的几年里，刻苦攻读，所写的读书笔记装满了好几网篮。

徐特立关心爱护学生，十分讲究教育方法。他认为，关爱学生就要信任和尊重学生。教师要尊重学生的人格，要"从培养他们的自信心、自尊心中去批评他们的坏处"；对犯错误者，要"从思想上彻底予以改造，而不侮辱他的人格，保存他的自信心"；要"给他们以好环境包围起来，暗示他们以很好的前途，使他们用自信和自尊去克服自身的坏处"。他要求教师坚持"因材施教"，说："教育者只要善于发现，善于因势利导，使学生的长处得到发展，缺点得到克

085

——无产阶级教育家徐特立

革命老人

服，就可以成为有用的人。"强调教师要循循善诱，尤其不能歧视有缺点错误的学生。在长沙师范，徐特立说服校务委员会成员和部分教师收回成命，使一个因违反纪律被开除而确有悔改诚意的学生得以获得重新学习的机会。他对另一名因聚众闹事被开除回家的学生感到惴惴不安，将其找回经严肃批评教育后，亲笔写信转介到长郡中学继续就读，终于转变成优秀学生。徐特立指出，教师要把"热爱"与"严格"紧密结合起来，对学生热爱不要偏爱，严格不要严厉，严厉则使学生害怕，当然也反对放任自流，不管不教，那是害了学生。

徐特立对学生的挚爱，还表现在乐于助学育才，对贫困学生倍加关爱上。他"平日最喜欢贫困学生"，千方百计为他们提供学习机会，解决具体困难。在长沙师范当校长时，收了一个打铁的学生，学习极能耐苦，毕业后当了高等小学教员。又收了一名退伍兵，进校时只能写信，读了三年书就成为一名合格的小学教师。

对一些家境贫寒、酷爱读书而无钱买书的学生，如田汉、曹伯韩等，徐特立便将自己买书的折子给他们去选购，由他付款。不少学生受到徐老师解囊相助，学业有成，终成大器。

4. 选拔优秀人才任教，使人师与经师合二为一，这是培养学生成才的关键。徐特立认为，一个学校能否办好，师资至关重要。他提出，教师既要当好人师，又要当好经师。他说："人师就是教行为，即怎样做人的问题。经师是教学问的，学生的品质、作风、习惯，他是不管的。我们的教学是要采取人师和经师二者合一的。"因此，徐特立挑选教师十分严格。他聘用教师的标准是：思想进步，作风正派，学有专长，教学负责，吃苦耐劳，不计报酬，堪为师表。他在担任县立长沙师范、私立长沙女子师范和省立第一女子师范的校长期间，不但对教师要求高标准，而且注意关心他们的生活、身体，特别在学识上和工作上进行帮助。虽然三校的报酬都不厚，但许多老师为徐特立热心教育的诚意所感动，主动应聘来校与他共事。

5. 坚持民主治校，齐心协力办学。徐特立认为，民主管理学校，对提高办学效益，加速人才培养是"极为得力之举措"。一是废除校长处理一切的制度。徐特立认为，校长包揽一切，容易搞"一言堂"，形成专断作风，对办学极为不利。于是，他在长沙师范组织校务会议，由校内师生派代表参加，凡学校一切事务，不论教务、训育、财务或其他方面，都由校务会研究讨论，作出决定，公布实施。在他创办的长沙女子师范，则组织校董事会，由校董会产生校务委员会，选出5名常务委员轮流管理学校日常事务，只有重大事项才请示校长处理。这样，使学校办得生机勃勃。二是反对拉帮结派、搞小圈子的不良风气。徐特立在省立第一女师任校长时，坚决抵制某些人企图通过派系来控制学校，扰乱学校正常的工作、生活秩序的做法，他愤慨地指出："学校里搞小圈子，把政治上结党营私的派系作风推衍到教育园地里来，是极其可耻的!"他明确表示,自己绝不当"傀儡校长",绝不容许在校内搞派别活动,绝不接受作风不正之人。三是破除封建思想,解放强加在女学生身上的封建桎梏,鼓励学生积极参社会活动,课余时间可以自由支配。显然,这些做法对培养学生的民主意识和身心健康是大有益处的。

6. 出国勤工俭学,从西方先进国家"输入学问",是改造中国社会、振兴中华民族之必需。"五四"时期,李石曾、蔡元培等组织领导了全国范围的留法勤工俭学运动。他们认为,求学不是少数人独享的特权,主张做工者也要求学,求学者也要做工,要工读结合,又工又学,工学并进。通过勤工俭学的道路,消灭劳力与劳心的差别,培养大批既懂得现代科学技术又具有"自由、平等、博爱"思想的救国人才,从而达到改造社会之目的。对他们的思想主张与做法,徐特立十分赞赏。他曾谈到:"穷苦的学生能到欧洲去求学,是蔡元培和李石曾诸先生倡导的，我们应该感谢他们。"徐特立认为，赴法勤工俭学，"输入学问"，这是教育救国的一条切实可行的道路。因而，他下定决心，排除困难，欣然前往。他到法国后，通过求学和考察，便"觉无所谓总统，无所谓平民，无所谓黑奴，无所谓文明种族，同为人类，即同为一家也"。他联系湘省教育界之情形说："我湘教育界之倾轧，始于党派，终倚官势，同为一家，有彼此之歧视。倘多数人到此一游，当自悔其前此之无谓也！"由此可见，徐特立对法国社会制度的向往，他认为只要从这样的国家"输入学问"，中国的"一切问题都有解决的希望"。

总之，徐特立从青少年到迈入中年，尤其从"五四"到第一次大革命时期，的确走过了一条艰辛坎坷的求学与兴学的道路，矢志不渝，坚持不懈，力创辉煌。他在长期的教育实践中，对教育的认识与情结日益加深，从而提出了一系列的教育思想主张，尽管有些思想观点不可避免地带有某些历史局限性，但其主流是进步的，它真实地记录与反映了徐特立努力探索教育以救国的心路历程。其中不少的教育理念，对我们今天加快发展有中国特色的社会主义教育事业，仍然具有重要的启示与借鉴意义。

人生易老天难老岁岁重陽今又重陽战地黄花分外香一年一度秋風劲不似春光勝似春光寥廓江天萬里霜

录毛主席詞

采桑子 重陽

曲阜县文物管理委员会喺書

徐特立時年九十

徐特立手迹

逸闻趣事

徐特立在湖南任教20年，爱学生如子。他任师范校长时，将自己的月薪与校内主任、庶务等同样定为20元，还经常接济穷学生。

田汉（我国国歌作词者）入学时买不起蚊帐，徐特立便买了一顶相送。而他却把自己的家小安排在乡下，以节省开支。逢假日回家，他要步行往返80公里。一次查夜时，他发现有新生烂脚呻吟，便亲自打水给他洗脚上药。此事传出后，一些教师认为太失校长"身份"，学生却对他更为敬仰。他到第一师范任课时，支持毛泽东等学生反对校长专横的活动。毛泽东曾说过，当时最敬佩的两位老师，一位是杨怀中先生（即他后来的岳父），一位是徐老。

徐特立一生勤俭，追求理想而从不为口腹折腰。赴法国后，他积极支持学生组织反对中法反动派的活动。国内军阀政府为了笼络他，通过使馆告之可给一个"赴法考察"的名义，每年有1 000块大洋的薪俸。徐特立对此嗤之以鼻，仍在钢铁厂勤工俭学，干重活有困难便给同学做饭。

1937年抗战爆发后，徐特立以八路军驻湘代表身份从延安返回长沙，一时城内轰动，每日前来拜访探望者数以百计，其中不少还是亲朋故旧。徐特立热情地向他们宣传党的政策，终日长谈，不过为节省办公经费，只招待茶水而从不请人吃饭。两年后他离开长沙时统计，只是会见法国记者时请过一顿便饭，共花了5块钱招待费。当时，长沙城内国民党高官衣装笔挺，出入乘车。徐特立却终日身穿八路军粗布军装，撑一把雨伞，徒步在城中奔走，不识者多以为是军中老伙夫。

一次，省主席张治中约谈，徐特立走到省政府门口，门卫拦住说："今天张主席会见八路军代表，别人免进。"徐特立称自己便是，门卫打量了一番，全然不信，竟把他轰走了。张治中久等不至，派人再去八路军办事处相请，得知原委后，对比国共两党作风，对共产党更为钦佩。新中国成立后，徐老始终保持勤俭的作风。他终生不抽烟不喝酒，直到晚年每天只泡一杯清茶，喝到深夜不许换茶叶。他只有一双皮鞋、一套呢制服，而且是在外出活动时才穿。

徐特立撰写的几副对联

徐特立（1877—1968），中国无产阶级革命家、教育家。原名懋恂，字师陶，又名立华，湖南省长沙人。曾当过毛泽东的老师，深受人们尊敬。著作辑为《徐特立教育文集》《徐特立文集》等。

1909年，徐特立在长沙周氏女塾任教，夏季某日应邀到修业学校演讲。他联系当时（1906）南昌第二次教案事件，讲到因知县江召棠拒绝扩大传教特权被刺杀，激起民众公愤，击毙英国传教士夫妇，毁英教堂一处，但清政府媚外投降，处死民众领袖6人，赔偿传教士"恤银"50 000两等情节时，不禁潸然泪下，泣不成声。他随即跑到厨房，拿起一把菜刀，当场将自己左手小指砍断一节，并以断指血书了一副对联："驱逐鞑虏，恢复中华。"徐特立断指写血联，不仅表达了徐老的爱国壮志，也激励了在场青年学生的爱国热忱。

1926年春，徐特立去韶山，路过永义乡村，见许多乡民在议论桥湾成家的戏台对联。大家非常愤怒。原来成家又在借超度祖先阴魂之名，搭台唱戏，向乡民炫耀。他们在戏台"光前裕后"金匾下，贴一横批"民皆仰之"，楹柱上还贴有一联："能得几回荣，红岸绿杨，莺歌笙笛蝶歌舞；长留千古恨，忠臣孝子，人自伤心水自流。"这成家祖先本是清代赃官，道光年间，侵吞了西德州赈济粮数十万，使州民饿莩遍野。案发后，他竟然斩下助手、亲妹夫之头向皇帝求饶，保住了狗命。从此便将贪来巨款还乡购置产业，在乡里骄奢淫逸，欺压乡民。后来竟遭雷击而死，又被小偷盗墓剥皮弃尸，成为不耻于人的狗屎堆。可是子孙却仍藉以作威作福。徐特立得知详情，便顺应民意，把戏台联改为："父性秉豺狼，吞西德州数十万赈济民粮，忍其涂炭，杀亲塞国法，实天地之不容，想当年，身被雷诛，皮遭鬼剥。吁嗟！人心犹未歇也，如此贪污，真乃长留千古恨！儿辈诚豚犬，管南楚地千百石冤枉租谷，用等泥沙，孽子出斧神，与禽兽又何异？趁今日，藉祝先考，位烈蚂蝗。呜呼！戏云虽胜美矣，这种报应，果然能得几回荣？"又把原横批中的"仰"字改为"恶"字，变为"民皆恶之"。第二天，民众拍手称赞，争相传诵。成家人只好撕掉对联偃旗息鼓了。

1938年9月，徐特立去延安出席党的六届六中全会，途经湘潭，在一家油盐店住宿了一晚。当时店里有几位青年店员，围坐在徐老面前，要他讲革命道理。徐老从抗日战争的光辉前景谈到敌后游击战争，从国家大事谈到社会生活，一直讲到深夜。深受鼓舞的青年店员们一致要求徐老题词留念，徐老答应以后写好寄来。次年12月，徐老便履诺亲笔题写了一联："有关家国书常读，无益身心事莫为。"并将书有此联的条幅寄给该店的青年工人王汉秋。此联上款书"汉秋先生正"，下款书"弟徐特立书"。王汉秋将对联、条幅终生保存，作为鼓舞自己进步的金玉良言。此联语重心长，正确指导青年读书做事，有极重大的教育意义，表现出无产阶级革命家对青年的无比关心和殷切期望，在中国联史上当永垂不朽。

老骥伏枥

1949年3月，徐特立随中共中央机关进入北平，先后参与国共和平谈判、全国文化教育事业的接管等工作。在全国政协第一次会议上，他被选为中央人民政府委员会委员。1949年10月1日，他登上天安门城楼，目睹了毛泽东升起第一面五星红旗，聆听了毛泽东庄严宣告中国革命的伟大胜利，欢庆他为之奋斗了近50年的革命理想终于成为现实。

这年，徐特立已经72岁，在常人看来实在可以颐养天年了，然而他却从不因年老而松懈。欢庆之余，他想到的不是革命大功告成，可以坐享清福，而是国家在经济、文化建设方面面临的艰巨任务。他在《祝吴老（指吴玉章）七十大寿》的诗篇里写道："……百年殖民地，从此永完结。前途之艰巨，基本在建设。幸勿过乐观，成功在就业。您我励残年，尽瘁此心血。"表现出他敏锐的眼光、对革命事业的高度责任感和"老骥伏枥，志在千里"的宏伟志愿。他对好友谢觉哉说，人一天没停止前进，就没有老，一旦停止前进就老了。为了勖勉和策励自己，他制订了一个20年学习和工作计划，作为晚年的奋斗目标。

此后，徐特立不顾年事已高，仍朝气蓬勃地投身于新中国的文化教育事业，领导一批党的宣传干部和史学工作者从事中国通史、中国革命史和党史等的编纂工作，并继续以各种方式关心、指导教育工作：或报告讲演，或撰文著述，或视察调研，或接待来访，或书信交流……为发展社会主义文化教育事业而不懈地奉献着光和热。这位坚强的老战士，生命不息，奋斗不止，与时俱进，直到生命的最后一刻——1968年11月28日与世长辞。

徐特立与时俱进的可贵品质，早已得到众多称颂。早在他60大寿时，朱德就在贺信中称赞他："你是革命模范的人，你是革命前进的人。不管革命历史车轮转得好快，你总是推着它前进的。"莫文骅致信说："你是我党中的老党员，没昏庸、腐化、骄傲、堕落的些微成分，思想是随时进步的，言语、行动都表现出像一个勇敢的新鲜活泼而可敬可爱的革命青年！"柳湜在报上著文，称"先生永远是发展的，永远是站在我们的前头，是大家的先生"。毛泽东的信则更是给予了一个最好的评价："你是我二十年前的先生，你现在仍然是我的先生，你将来必定还是我的先生……愿你成为一切革命党人与全体人民的模范。"

长沙徐特立公园

革命老人
——无产阶级教育家徐特立

中华魂·百部爱国故事丛书
提　要

《誓与禁烟相始终——民族英雄林则徐》

林则徐严禁鸦片，坚决抵抗西方列强的侵略，坚持维护国家主权和民族利益。他是中国近代历史上第一位睁眼看世界的人，是抗击帝国主义殖民侵略的第一人，是中华民族抵御外侮过程中伟大的民族英雄。

《血洒虎门御敌寇——抗英将军关天培》

民族英雄关天培，在第一次鸦片战争中为了抗击英国侵略者的入侵而血洒虎门，为国捐躯，谱写了一曲可歌可泣的英雄赞歌。关天培用他的生命，书写了中国人民反抗外侮的历史。

《威震镇海靖节魂——抗敌英雄裕谦》

在第一次鸦片战争期间的众多牺牲者中，有一位官阶最高，他就是两江总督裕谦。裕谦与外国侵略者斗争立场坚定，与国内妥协派、投降派斗争态度坚决。裕谦督战镇海，与英国侵略军浴血奋战，临危不惧，以身报国，浩气长存。

《斩邪留正解民悬——太平天国领袖洪秀全》

农民出身的洪秀全，从失意文人到起义领袖，经历了长期的思想演变过程，在外敌入侵、清朝政府腐朽的历史环境之下，顺应时代的潮流，成长为一位非凡的历史英雄人物，建立了与清朝政府相抗衡的农民政权——太平天国。

《仰承汉唐　荟萃中外——近代数学家李善兰》

李善兰是我国19世纪重要的科学家之一，在数学、天文学、力学等方面都有重大建树。他继承了我国古代数学的成就，又以极大的热情传播西方科学文化，"仰承汉唐，荟萃中外"，把自己的一生献给了科学事业。

《严谨治学　勇于探索——近代著名数学家华蘅芳》

华蘅芳，中国近代数学家之一。其精通中国古算学，并熟练掌握西方近代数学，是中国验证抛物线并著书立说的参与者。为了证明"外国有的，中国也能造"而鞠躬尽瘁，在引进西方科学技术、传播科学知识上贡献卓著。

《折冲樽俎护山河——近代著名外交家曾纪泽》

曾纪泽是中国近代史上著名的爱国外交家，在中俄伊犁交涉事件中，他秉承抵抗列强、保卫国家的坚定意志，利用外交手段全力同沙俄抗争，捍卫了国家主权、民族尊严，收回了祖国的领土，在近代中国外交史上留下了光辉的一页。

《甲午海战留英名——民族英雄邓世昌》

邓世昌，北洋水师名将。本书以邓世昌的成长过程为线索，以代表性的历史故事为主要内容，还原真实的历史事件，突出鲜明的人物性格。邓世昌因在中日甲午海战中突出的英雄气概而名垂史册，书写了伟大的爱国主义篇章。

《誓与舰队共存亡——北洋水师提督丁汝昌》

丁汝昌处在清朝政府的腐朽和李鸿章的专断下，难以施展爱国的抱负，壮志未酬，愤恨而终。但丁汝昌为建立近代海军作出的巨大贡献，带领北洋舰队爱国官兵勇抗强敌的英雄事迹，将永远为后代所传颂。

《镇南关上凯歌扬——抗法老英雄冯子材》

1885年中法战争中，年逾古稀的冯子材为抵御外国侵略，勇赴国难，大败法军于镇南关，并乘胜追击，接连收复文渊、谅山等地，从根本上扭转了中法战争的局面，成为近代民族英雄的杰出代表。

《屡败法军逞英豪——黑旗军将领刘永福》

刘永福是黑旗军的创建者，是农民出身的杰出军事家、政治活动家。在19世纪发生的援越抗法、中法战争中，他率部与帝国主义侵略者进行了殊死的战斗，建立了卓越的功勋，成为我国近代史上著名的民族英雄，为后世所景仰。

《矢志变法强国家——戊戌变法领袖康有为》

康有为是清末民初最有影响力的思想家之一。他领导了中国知识界的启蒙运动，掀起了一场自上而下的政体改革。他最早在中国提出了立宪政体和具体的宪政方案，主张在坚持儒家传统和帝制的前提下，学习西方经验，他的进步思想对近代中国具有深远的影响。

《开民智以报国 普新知而图强——戊戌变法思想家梁启超》

梁启超，中国近代史上著名的政治活动家、启蒙思想家、史学家、文学家，戊戌变法领袖之一。本书以百日维新思想家梁启超的成长过程为线索，以代表性的历史故事为主要内容，还原真实的历史事件，突出鲜明的人物性格。

《我自横刀向天笑——维新志士谭嗣同》

谭嗣同在民族危机的严重时刻，投身改革救中国的洪流。为了带给祖国一个光明的未来，紧要关头，他挺身而出，用自己的鲜血激励后人，把宝贵的生命献给了变法事业。

《睡乡敢遣警世钟——用生命警策国人的陈天华》

陈天华是民主革命的活动家和宣传家。他写的《猛回头》《警世钟》等书，起到了革命启蒙的重大作用。为了激发留日学生的爱国情怀，他不惜投海自杀，演出了近代史上感人至深的一幕，给后人留下了难忘的印象。

《革命军中马前卒——民主斗士邹容》

革命乃"至尊极高，独一无二，伟大绝伦之一目的"；它是"天演之公例，世界之公理，顺乎天而应乎人"的伟大行动。因此，必须"仗义群兴革命军"。他激情高呼："革命独子万岁！中华共和国万岁！"这就是《革命军》的作者，中国近代著名资产阶级革命宣传家邹容。

《休言女子非英物——鉴湖女侠秋瑾》

为民族解放和妇女解放而英勇斗争的秋瑾，冲破封建礼教的思想牢笼，打碎封建精神枷锁，崇仰真理，追求光明，主张共和，坚持男女平等，最终献出了自己年轻的生命。

《血溅校场　杀身成仁——民主斗士徐锡麟》

本书讲述了反清志士徐锡麟弃文从武、投身反清革命事业，最终被清政府杀害的故事。出于对国家的热爱，徐锡麟献出自己的生命，他的事迹将永远激励后人深切缅怀这位民主革命的先驱。

《生可死耳　我志长存——献身民主的禹之谟》

禹之谟，民主革命党人，同盟会会员，近代资产阶级革命家、实业家。1886年，20岁的禹之谟"提三尺剑，挟一卷书"游历四方，研究西方社会政治学说，忧国忧民之心日趋强烈。戊戌变法失败，他丢掉改良幻想，倡革命救亡之说，走上民主革命道路。

《物竞天择　适者生存——资产阶级启蒙思想家严复》

严复是中国近代著名的启蒙思想家、翻译家和教育家。他长期从事教育和翻译事业，为近代中国人才培养和思想启蒙做出了重要贡献，同时他也为中国的翻译事业和中西思想文化交流做出了重要贡献。

《辛亥革命急先锋——资产阶级革命家黄兴》

黄兴，清末民初资产阶级革命家，中华民国开国元勋。黄兴在武昌首义及辛亥革命时期的爱国表现，与孙中山闻名于当时，常被时人以"孙黄"并称。本书以资产阶级革命活动实干家黄兴的成长过程为线索，歌颂了先辈伟大的爱国主义精神。

《矢志革命　百折不回——近代民主革命家廖仲恺》

廖仲恺追随孙中山踏上了创立民国与捍卫共和制的旧民主主义革命

之路；在新民主主义革命时期，他为建立、巩固首次国共合作和实施三大政策，英勇奋斗，为国殉职，洒尽了一腔热血。

《将军拔剑南天起——护国英雄蔡锷》

蔡锷是中国近代史上的杰出军事家、爱国者。他的一生短暂而伟大。辛亥革命爆发，他毅然投身于革命洪流之中，领导云南重九起义，对武昌起义积极响应。袁世凯窃国复辟、恢复帝制的阴谋暴露出来以后，他又毅然举起了武装讨袁的旗帜。

《反帝反封建运动——五四青年的爱国故事》

五四运动是一次伟大的反帝反封建的爱国运动；是一个伟大的历史转折点；是中国人民的斗争从挫折走向胜利的一个关节点，它为中国的前进开辟了一条全新的道路，拉开了中国新民主主义革命的序幕。

《思想自由　兼容并包——著名教育家蔡元培》

蔡元培是中国近现代著名的民主革命家和教育家，一生经历风雨，却始终信守爱国和民主的政治理念，致力于废除封建主义的教育制度，奠定了我国新式教育制度的基础，为我国教育、文化、科学事业的发展做出了富有开创性的贡献。

《为国家争光　为民族争气——中国铁路之父詹天佑》

詹天佑是我国最早的杰出铁道工程师，因主持建造京张铁路而闻名中外，被誉为"中国铁路之父"。他为祖国的铁路事业贡献了毕生的精力。本书向读者展示了詹天佑热爱祖国、科技兴国的辉煌人生。

《实业救国　衣被天下——轻工之父张謇》

张謇是爱国实业家、教育家。他年轻时中过状元。过了40岁，开始投身工商实业活动中，他的名言是"富民强国之本在于工"。在南通，创办大生丝厂、银行等各种实业。并将创办实业的大部分所得投入教育。他的观点是，教育和实业一样，也是"富强之大本"。

《心向革命　追求光明——平民将军冯玉祥》

冯玉祥将军"是一位从旧军人转变而成的坚定的民主主义战士"。

抗日战争期间，他辗转各地，用实际行动积极抗战。日本战败投降后，他为了断绝美国的援蒋内战，又在美国四处演说，揭露蒋介石统治之黑暗，痛斥美国阴谋分裂中国的不良行为。

《刑场上的婚礼——革命烈士周文雍　陈铁军》

周文雍是广州起义的主要领导人之一。陈铁军出身于华侨商人家庭，却毅然投身革命洪流。1928年1月，两人接受派遣，回到广州假扮夫妻从事革命斗争，却不幸被捕。临刑前，两位烈士将敌人的枪声当作自己婚礼的礼炮，用生命和爱情谱写出一曲千古绝唱。

《星星之火　可以燎原——井冈山斗争的故事》

1927—1929年，毛泽东、朱德等老一辈革命家，在井冈山创建了农村革命根据地，进行了艰苦卓绝的斗争，建立了新型革命武装，点燃了工农武装革命之火，找到了农村包围城市最后夺取政权的中国革命的正确道路。

《新民学会的主要发起人——中国共产党早期革命家蔡和森》

蔡和森青年时期曾与毛泽东等人一起组织进步团体新民学会，参加五四运动，并在赴法国勤工俭学时研读大量马克思主义著作，回国后以满腔热忱投身革命事业，成为中国共产党早期重要的理论家和宣传家。

《威震黄浦江畔　高奏抗日壮歌——一·二八淞沪抗战》

面对日本侵略者的挑衅，十九路军在蒋光鼐、蔡廷锴的带领下，高举义旗，奋力一搏。一·二八淞沪抗战，是中国军人捍卫军人荣誉和祖国尊严所发出的吼声，谱写了一曲抗击日军侵略的英雄壮歌。

《将军恨不抗日死——慷慨就义的吉鸿昌》

在国难深重的20世纪30年代，吉鸿昌将军因拒绝执行国民党指示，坚决不打内战，被迫携眷出国"考察"。回国后，他加入中国共产党，组织了民众抗日同盟军，英勇打击日本侵略者，后于1934年11月被国民党反动派杀害。

革命老人
——无产阶级教育家徐特立

《献身革命　甘于清贫——梅岭忠魂方志敏》

大革命失败后，方志敏凭着"两条半步枪"起家，身经百战，创建了赣东北革命根据地和红十军。本书真实记录了方志敏投身于革命、领导红军和敌人进行艰苦卓绝斗争的经历，歌颂了烈士贫贱不移、威武不屈、献身革命的高尚品质。

《奏响中华最强音——人民音乐家聂耳》

聂耳在他有限的生命中创作了数十首革命歌曲，在抗日救亡运动中，聂耳的这些歌曲产生了广泛深远的影响。他的音乐创作为中国无产阶级革命音乐的发展指明了方向，树立了榜样。

《横眉冷对千夫指——中国文化革命主将鲁迅》

鲁迅不但是伟大的文学家，而且是伟大的思想家和伟大的革命家。在那风雨如晦的黑暗年代里，他以笔为投枪，同一切帝国主义和反动派进行了顽强的战斗，为中国人民树立了一个不朽的丰碑。他是新文化战线上的一面光辉旗帜，是我们伟大民族的灵魂。

《铁流两万五千里——红军长征的故事》

红军长征是人类历史上的一次伟大的壮举。第五次反"围剿"失败后，中国工农红军的三大主力在极端艰难的条件下，突破国民党军队的围追堵截，进行了史无前例的战略大转移，总行程达两万五千里以上。途中发生了许多动人故事，至今令人难以忘怀。

《荣辱不移革命志——创建陕北红军的刘志丹》

刘志丹是杰出的无产阶级革命家、军事家，西北红军和西北革命根据地的主要创始人之一。他一生热爱人民，追求真理，英勇善战，百折不挠，艰苦奋斗，忠心赤胆，为创建红军和革命根据地、为中国人民的解放事业建立了不可磨灭的功勋。

《英名永存北平城——爱国将领佟麟阁　赵登禹》

1937年7月28日，日军向北平郊区发动进攻。第二十九军副军长佟麟阁奉命在南苑率部与日军苦战，腿部受伤，头部被敌机炸伤，壮烈殉国。第一三二师师长赵登禹指挥部队顽强抵抗日军，右臂中弹负伤，仍继续作战。后在转移途中遭日军截击而牺牲。

《八百壮士　四行仓库铸军魂——谢晋元和他的战友们》

八一三抗战，中国军人以血肉之躯揭开全面抗战的帷幕。这是一场血战，是中国军人不屈不挠的英雄诗篇，其中的八百壮士守四行，成为这首英雄颂歌中最动人、最凄美的音符。一曲四行保卫战，铸就了不屈的军魂。

《八女投江　气贯长虹——八位抗联女战士》

抗日战争时期，以冷云为首的东北抗日联军8名女战士，为捍卫民族尊严，面对凶残的日寇，镇定自若，宁死不屈，投江殉国，表现了中华民族同敌人血战到底的英雄气概。她们的光辉形象，激励着千千万万的后来人。

《艰苦抗战　威震敌胆——著名抗日英雄杨靖宇》

杨靖宇将军是我国著名的抗日民族英雄。曾先后担任磐石游击队政治委员、东北抗日联军第一军军长兼政委、抗日联军总司令等职。领导军民对日寇坚持了长达9个年头的艰苦卓绝的斗争，最终以身殉国。

《死也不当亡国奴——镜泊抗日英雄陈翰章》

陈翰章，从1932年8月投笔从戎，直到1940年12月8日为抗击日本侵略者，战死在镜泊湖畔。他在抗日疆场上奋战了九年，他那可歌可泣的英雄事迹将为人们永世传颂。

《名将殉国　气壮山河——抗日将军张自忠》

著名抗日将领、民族英雄张自忠，生于忧患的时代，抱有"宁为百夫长，胜作一书生"的志向，经历过失败与低谷，最终成就了慷慨人生。本书主要以人物活动为主，勾画出一个真正的"民族魂"鲜活的人生，会带给读者振奋的力量。

《宁死不辱战士名——狼牙山五壮士》

1941年日寇在河北易县"扫荡"。为掩护群众和主力部队撤退，五位八路军战士毅然把敌人引上了狼牙山棋盘坨峰顶绝路。弹尽粮绝、无路可退，五位英雄纵身跳下了万丈悬崖，用生命和鲜血谱写出一曲惊天地泣鬼神的壮举。

《太行浩气传千古——抗日名将左权》

左权，中国工农红军和八路军高级指挥员，著名军事家。是八路军在抗日战场上牺牲的最高指挥员。名将阵亡，太行山为之垂首，全党为之悲痛。周恩来称他"足以为党之模范"，朱德赞誉他是"中国军事界不可多得的人才"。

《虎将兴关外　抗倭统雄师——抗联英雄赵尚志》

本书描写了久经考验的共产党员、东北抗联的创建者和主要领导人赵尚志，在艰苦卓绝的条件下，坚持抗战，威震敌胆，战功卓著，忍辱负重，忠贞不屈，为国捐躯的英雄故事，为青少年读者呈上一部爱国主义的佳作。

《黄埔之英　民族之雄——抗日名将戴安澜》

抗日名将戴安澜，先后参加保定、漕河、台儿庄、武汉、昆仑关等战役，作战英勇，屡建奇功；入缅作战，"扬威国外，藉伸正义"；守东瓜，复棠吉；殒身缅北，遗恨丛林，马革裹尸，成就了光辉的一生。

《爱国志士　民主先锋——新闻出版家邹韬奋》

本书讲述了邹韬奋献身新闻出版事业的奋斗历程，展现了一位新闻工作者坚定的革命信念和炽热的爱国主义精神，全心全意为人民服务、为读者服务的奉献精神，歌颂了他的高尚情操和优良品质。

《为抗战发出怒吼——人民音乐家冼星海》

人民音乐家冼星海，青年时期在巴黎求学，饱尝屈辱与磨难；学成后毅然回到多灾多难的祖国，用满腔热忱谱写激昂的音乐，鼓舞中华儿女的斗志；奔赴延安，谱写出不朽的名作《黄河大合唱》，发出中华民族抗日救亡的怒吼。

《全民皆兵　抗击日寇——抗日战争的故事》

中国人民进行的十四年抗战，是一百多年来中国人民反对外敌入侵第一次取得完全胜利的民族解放战争。这场战争是以国共两党合作为基础，有社会各界、各族人民、各民主党派、抗日团体、社会各阶层爱国人士和海外侨胞广泛参加的全民族抗战。

《捧着一颗心来　不带半根草去——人民教育家陶行知》

陶行知是我国现代教育史上伟大的人民教育家、教育思想家。他从青年起就立志献身教育事业，以"捧着一颗心来，不带半根草去"的赤子之心，为人民的教育事业鞠躬尽瘁。

《为民主与和平拍案而起——民主斗士闻一多》

闻一多早年与梁实秋等人发起成立清华文学社。赴美留学期间由对祖国的深深眷恋而创作著名的《七子之歌》。后在西南联大任教8年，积极投身于抗日运动和争取民主的斗争，发表了著名的《最后一次讲演》。

《铁窗难锁钢铁心——革命先烈王若飞》

王若飞是我党早期杰出的无产阶级革命家。在艰苦卓绝的斗争中，他出生入死，屡建奇功，以超人的睿智和胆略，在敌人的监狱中，同敌人展开了殊死的较量，为抗战的胜利和新中国的诞生做出了卓越的贡献。

《横扫千军　还我河山——抗联名将李兆麟》

李兆麟是东北抗日联军创建人之一，他率领抗日联军历尽千难万险与日本侵略者浴血奋战，在极其艰苦的条件下，保存了抗日联军的有生力量，为东北光复做出了重大贡献。

《锄头开出新天地——解放区大生产运动》

为了解决困难，渡过难关，党中央号召党政军民齐动手，开展大生产运动。中国共产党在其控制区域内发动的一场军队屯田和鼓励生产的群众运动，达到了自己动手丰衣足食，共度难关，既进行革命又进行生产自足的目的。

《生的伟大 死的光荣——女英雄刘胡兰》

刘胡兰，坚贞不屈的少年女英雄。生前对我国劳动人民的解放事业无限忠诚，在敌人威胁面前，大义凛然，毫无惧色，英勇牺牲，表现了共产党员的高贵品质。

《饿死不领美国救济粮——爱国知识分子的楷模朱自清》

朱自清作为爱国知识分子的典型，以锐利的笔锋直言痛斥反动政府的暴行，体现了他崇高的爱国情怀和不畏恶势力的精神品格。毛泽东曾给朱自清先生以高度评价："一身重病，宁可饿死，不领美国的'救济粮'"，"表现了我们民族的英雄气概"。

《为了新中国前进——舍身炸碉堡的董存瑞》

伟大的英雄，中国人民的儿子董存瑞，从儿童团长成长为一名光荣的解放军战士，在1948年解放隆化县城时，舍身炸碉堡，为新中国献出了自己年轻的生命。他的英雄形象永远留在人民心里。

《宁死不屈的共产党员——革命烈士江竹筠》

江竹筠，就是著名的江姐。1947年春，她负责《挺进报》工作，只几个月的时间，报纸就发行到1600多份，引起了敌人的极大恐慌。由于叛徒出卖，江姐不幸被捕，惨遭毒刑的残酷折磨，仍坚贞不屈。最后被特务秘密枪杀，年仅29岁。

《抗美援朝 保家卫国——志愿军的战斗故事》

抗美援朝战争是中国人民志愿军为援助朝鲜人民、保卫祖国安全，与美国为首的"联合国军"发生的战争。在朝鲜牺牲的志愿军烈士们，他们英勇的战斗事迹、保家卫国的精神值得我们发扬光大。

《上甘岭上壮烈歌——黄继光和他的战友们》

在1952年10月的上甘岭战役中，黄继光和他的战友们在零号阵地半山腰被敌机枪火力点压制，此时，黄继光身上已经多处负伤，手雷也已全部用光。为了完成任务，减少战友的伤亡，他用自己的胸膛堵住正在扫射的敌机枪射孔，为反击部队扫清了前进的道路。

《诗书印画 全入神品——国画大师齐白石》

　　齐白石出身贫寒，做过农活，当过木匠，后改学雕花木工，从民间画工入手，摹古人真迹，学诗文书法，融汇古今，而诗、书、印、画俱佳；他将中国画的精神与时代的精神统一得完美无瑕，使中国画得到国际的重视，无愧于"国画大师"的称号。

《毕生为文化而奋斗——中国第一出版家张元济》

　　张元济参与、主持和督导商务印书馆近六十年，使其从简单的印刷企业转变为当时中国教育出版的旗帜。张元济一生爱书，在中华大地动荡不安的年代里，他用自己对文化的热爱，续存着中华民族灿烂悠久的文明之光。

《独树一帜 梨园大师——著名京剧表演艺术家梅兰芳》

　　梅兰芳，京剧大师，演唱风格独树一帜，世称"梅派"。曾先后赴日本、美国、苏联演出，并荣获美国波摩那学院和南加州大学的荣誉文学博士学位。作为一位爱国者，抗战期间蓄须明志，拒绝为日本人演出，为后世称颂。

《华侨旗帜 民族光辉——爱国侨领陈嘉庚》

　　陈嘉庚是著名的爱国华侨领袖、企业家、教育家、慈善家、社会活动家。他为辛亥革命、民族教育、抗日战争、解放战争、新中国的建设做出了卓越的贡献。生前被毛泽东誉为"华侨旗帜、民族光辉"。

《向雷锋同志学习——伟大的共产主义战士雷锋》

　　雷锋，一个平凡而伟大的共产主义战士，一心向着党，一生秉承着全心全意为人民服务、无私奉献的崇高思想；发扬刻苦学习和钻研理论的"钉子"精神；坚持勤俭节约、艰苦奋斗的优良作风。毛泽东为其题词："向雷锋同志学习。"

《人民的好公仆——县委书记的好榜样焦裕禄》

　　焦裕禄，被誉为县委书记的好榜样。他用自己的革命精神，展开了与大自然、与社会落后现象、与病魔的多重抗争，让我们领略到一个共产党人的生之伟大、死之壮美的人格品质和具有现实教育意义的精神魅力。

《文学巨匠　京味大师——人民作家老舍》

老舍是我国现代小说家、文学家、戏剧家。他用融入骨髓的真诚文字反映生活的喜怒哀乐。老舍的一生，总是在忘我地工作，他是文艺界当之无愧的"劳动模范"，生前被北京市人民政府授予"人民艺术家"的称号。

《革命老人——无产阶级教育家徐特立》

徐特立是一代伟人毛泽东的老师。他出生在贫苦家庭，大部分时间生活在动荡艰苦的年代；他刻苦勤奋，不畏艰辛，追求光明，一生勤俭，为革命培养了大量的人才；他对党和人民任劳任怨，鞠躬尽瘁。他坎坷奋斗的一生，留下了许多可歌可泣的故事。

《人生能有几回搏——新中国第一个世界冠军容国团》

容国团先后担任中国乒乓球队运动员、女队主教练。获得1959年男子单打世界冠军；1961年夺得男子团体世界冠军；作为中国女队主教练，1965年率女队第一次夺得女子团体世界冠军。他的"人生能有几回搏"的豪言，举国传诵。

《石油工人一声吼　地球也要抖三抖——铁人王进喜》

王进喜，新中国第一批石油钻探工人。他为祖国石油工业的发展和社会主义建设立下了不朽的功勋，在创造了巨大物质财富的同时，还给我们留下了宝贵的精神财富——铁人精神。他被评为"百年中国十大人物"，写入中华民族的光辉史册。

《做人民需要我做的事——著名地质学家李四光》

李四光是一位伟大的科学家，他一生从事地质学研究工作，足迹遍布祖国的山川，为祖国探明了许多地下宝藏；他创建了崭新的学说——地质力学；他历尽重重困难，为正确认识地质构造开辟了一条新路。

《中国化学工业的先驱——著名化学家侯德榜》

为摆脱纯碱需要进口的窘况，20世纪初，怀着"实业救国"梦想的中国化工先驱侯德榜等人创办了永利碱厂，并立志生产出中国人自己的碱。1926年，永利碱厂终于成功地生产出"红三角"牌纯碱，从此中国制碱业得以跨入世界先进行列。

《毕生求是　一丝不苟——著名科学家竺可桢》

著名科学家竺可桢献身科学研究；治学严谨，一丝不苟；一生廉洁，两袖清风；作风民主，爱护学生。他以爱国之心、报国之志，从一个民主主义者逐渐成长为一个共产主义战士。

《热爱自然的大地之子——著名植物学家蔡希陶》

蔡希陶，五十载风雨，五十载坎坷，五十载奋斗，五十载开拓，为了发现对人类生产、生活有用的植物及新物种的引进而做出巨大贡献，在中国的植物资源学史上将永远镌刻着他的名字。

《高洁无私的襟怀——知识分子的楷模蒋筑英》

蒋筑英是中国当代知识分子的先锋典范，他不为名，不为利，尊重科学；他以坚忍的毅力和顽强的作风，在科学的道路上呕心沥血，鞠躬尽瘁，无私地奉献了青春和生命。

《迎接新生命的天使——卓越的妇产科专家林巧稚》

林巧稚是国内外享有盛誉的妇产科专家。在五十多年的医学教育和临床实践中，林巧稚亲自接生了五万多婴儿，治愈了数千病人，培养了数以百计的专门人才，为我国的妇女儿童事业做出了不可磨灭的贡献。

《独自成千古　悠然寄一丘——国画大师张大千》

张大千是20世纪中国画坛最具传奇色彩的国画大师，无论是绘画、书法、篆刻、诗词无所不通。在艺术界深得敬仰和追捧，艺术家们用真挚的感情，用绘画和雕塑展现了"张大千"多彩的艺术形象。

《建造中国的通天塔——著名数学家华罗庚》

中国当代著名数学家华罗庚，为中国数学的发展做出了无与伦比的贡献，他是中国解析数论、典型群、矩阵几何等多方面研究的创始人与开拓者，也是我国最早将数学理论研究与生产实践紧密结合的科学家。

《问鼎长天　强我国威——两弹元勋邓稼先》

邓稼先是我国著名科学家，参加组织和领导我国核武器的研究、设计工作，从对原子弹、氢弹原理的突破和试验成功及其武器化，到新的核武器的重大原理突破和研制试验，作出了重大贡献。是我国核武器理论研究工作的奠基者之一，被誉为"两弹元勋"。

《敢叫天堑变通途——桥梁专家茅以升》

中国著名的桥梁专家茅以升从小立志为祖国建造桥梁，经过不懈努力，他不仅设计建造了一座座宏伟壮观、坚固实用的道路桥梁，而且搭建了一座座友谊之桥，为祖国建设作出了卓越贡献。

《蘑菇云之梦——核物理学家钱三强》

被誉为"中国原子弹之父"的核物理学家钱三强，更名后立志于科技报国；24岁投师于世界著名核物理学家居里夫妇；与夫人何泽慧合作，发现铀的"三分裂""四分裂"现象；统领我国的原子大军，做了大量创造性工作。

《两离桑梓地　满怀雪域情——领导干部的楷模孔繁森》

孔繁森，是一位一尘不染、两袖清风的好干部。两次进藏工作，历时十载，为西藏的建设、发展和稳定作出了突出的贡献。1994年11月，孔繁森不幸以身殉职。人民群众称他为新时期领导干部的楷模。

《摘取数学皇冠上的明珠——著名数学家陈景润》

陈景润是享誉世界的数学家，为了证明"哥德巴赫猜想"，他以惊人的毅力在数学领域里艰苦跋涉，终于攻克了世界著名数学难题"哥德巴赫猜想"中的"1+2"，创造了中国乃至世界数学史上的辉煌。

《学术独步　饮誉四海——享有国际威望的科学家卢嘉锡》

卢嘉锡是一位在国际科学界享有崇高威望的物理化学家、化学教育家和科技组织领导者。1945年，卢嘉锡满怀"科学救国"的热忱回到祖国，对中国原子簇化学的发展起了重要推动作用，他所指导的新技术晶体材料科学研究，也取得了重大成绩。

《德艺双馨　梨园楷模——著名豫剧表演艺术家常香玉》

常香玉1941年赴陕甘演出。1948年在西安创办香玉剧社。1951年为支援抗美援朝，率剧社巡回西北、中南、华南各地演出，以演出收入捐献"香玉剧社号"战斗机一架，素有"爱国艺人"之誉。

《文学大师　激流勇进——著名作家巴金》

本书以巴金生平和主要事迹为线索，回顾和展示现代著名作家巴金的一生，以期让人们看到巴金在这风云变幻的100多年中，有过成功的欢欣，有过屈辱的磨难，有过痛苦的忏悔，有过平静的安宁。巴金的人生，映照着一代中国五四知识分子坎坷而不平凡的命运。

《壮心系科学　孜孜为国昌——理论化学家唐敖庆》

本书讲述了唐敖庆从出国求学、学业有成、回国任教，到服从安排、艰苦工作、刻苦钻研，最终成为中国量子化学奠基者的过程。让人们看到了这位著名化学家的赤心爱国、严谨治学、大公无私的崇高品格和科研上的卓越成就。

《中国导弹之父——著名科学家钱学森》

当第一颗原子弹升空的时候，当中国的人造卫星奏响《东方红》的时候，当中国运载火箭腾空而起的时候，当中国研制的导弹准确命中目标的时候，人们都会想起他的名字：中国导弹之父钱学森。

《中国近代力学的奠基人——著名科学家钱伟长》

钱伟长曾以中文和历史两个100分的成绩考入清华大学。九一八事变后，钱伟长毅然放弃了文科的学习而转为理科。他是中国近代力学、应用数学的奠基人之一，在固体力学、流体力学以及航空航天领域，取得了卓越的成就，为新中国的现代化建设付出了毕生的精力。

《中国光学科学的奠基人——著名科学家王大珩》

王大珩是我国著名的科学家，中国光学科学的奠基人。他先在清华就读，后赴英国求学，学业有成，立志科学救国，其成就享誉神州。他以科学的求是精神和赤诚的爱国情怀，探索着中国光学发展的闪光之路。